注文の多い魔法使い2

最強魔術師の溺愛花嫁は伝説の魔獣の番にされそうです!?

JN118160

花坂つぐみ

TSUGUMI HANASAKA

一迅社文庫アイリス

CONTENTS

スノウリー・セレスティアル
千年前から生きる最強魔術師。
国家魔術師で公爵。
親しい者は「スノウ」と呼ぶ。
命に係わる呪いを受けていたが、
キアラと愛を育み解呪された。
公爵邸の使用人はすべて
魔法仕掛けのブリキ人形。
キアラ・ルクウォーツ・セレスティアル
スノウの妻。利害の一致で
スノウと契約婚をしたが、
今は心から結ばれた夫婦に。
宝石商の娘。幼い頃に母は亡くなり、
父親と二人暮らしだった。
祖先がギネーダ人で、
ギネーダの文化や呪紋に詳しい。
characters
登場人物紹介
最強魔術師の溺愛花嫁は伝説の魔獣の番にされそうです!?
注文の多い魔法使い 2

ラグリオ

女王直属の魔法騎士団の一員で、
スノウの数少ない理解者。
誰とでも仲良くなれる好青年。
菓子店の看板娘に恋をしている。

クラウディア

オブシディア魔法立国の女王。
勝ち気で脳筋。
通称「鋼の女」とも呼ばれ、
魔法騎士団を鍛えるのが生きがい。

ラシード

ギネーダでもっとも
崇敬を集めている
土着宗教・ティグレ神教の神官。
三十代という若さで寺院の総代。

サイファ

自治州ギネーダの首長で、
呪紋術師としても有能。
全身に呪紋の刺青が入っている。
口調は丁寧だが曲者。

イラストレーション◆桜花舞

注文の多い魔法使い2 最強魔術師の溺愛花嫁は伝説の魔獣の番にされそうです？

The Wizard of Many Orders 2

プロローグ

わたしがまだ幼かった頃、エドウィージュ家には大勢の宝石職人が出入りしていた。

今は一階の大部分を店舗にしているけれど、当時はデザイナーが図面を引いたり、それを元に宝石職人と打ち合わせをしたりする事務所だった。

エドウィージュ商会といえば王都ノワーナで一、二を争う人気の宝飾店で、高級店が軒を並べる大通りに看板をかまえ、朝から晩までひっきりなしにお客様がやってきたという。

みんなのお目当ては、新進気鋭のデザイナーであるわたしの母、そして父をはじめとした腕のいい宝石職人たちが丹精込めて作り上げた、素晴らしい宝飾品だった。

母はエドウィージュ商会のオーナーでもあった。

活発な人で、ポニーテールにした亜麻色の髪を跳ねさせながら、店や工房、原石が売りに出される卸市場を駆け回っていたらしい。

デザイナーとしても商売人としても優秀だった母は、美人な顔立ちも相まって男性にはとってもモテたみたい。

「そんな人が、どうしてお父さんみたいな人と結婚したの？」

「う～ん。お母さんは、私の自信がなさそうなところがいいって言っていたよ。結局、その意味は分からないままだったな……」

そう言って、父――ブラウ・エドウィージュは残った紅茶を飲み干した。

店の休日なのに、いつも通りアイロンをかけて皺《しわ》を伸ばしたシャツに、カーディガンを羽織っている。

二人掛けの小さなダイニングテーブルには、セレスティアル公爵家のシェフに作ってもらったクッキーやタルト、うさぎの形に皮をむいたリンゴが並べられていたけれど、話すのに夢中でほとんど食べられなかった。

時間を忘れるって、きっと今みたいな状態のことを指すんだわ。

セレスティアル公爵家の馬車を降りて実家のドアベルを鳴らした時は、まるで自分がこの家とは関係のない人間になってしまったような寂しさを感じた。

それなのに、子どもの頃から父と食事をしてきたテーブルの自分の席に腰かけたら、わたしはあっという間に、セレスティアル公爵夫人ではないただのキアラになってしまった。

父の向こうに見えるオレンジ色のタイルを貼ったキッチンも、お鍋の形に焦げた跡があるチェックのテーブルクロスも、通りから漂ってくる近所のパン屋さんの匂いも、体にしっくりと馴染《なじ》んだものはそう簡単に忘れられない。

わたしが結婚してこの家を出たのは今年の春だった。

当時のわたしは嫌いな貴族に結婚を迫られていて、逃れるために訳あって結婚相手を探していたスノウの契約花嫁になったのだ。だけど、サインした結婚契約書には厄介な魔法がかかっていた。七つの条件を二人で達成しないと離婚できないという、女王陛下お手製の氷晶魔法だった。

契約書を無視したり反する行動をしたりするとわたしが氷漬けになってしまう。

円満離婚のために協力して項目を達成するうちに、わたしとスノウはお互いを好きになっていた。心から愛した結果、彼を苦しめていた千年の呪いが解けたのだ。

全ての項目を達成して契約書の魔法を解消したわたしたちは、本物の夫婦になった。

(教会で出会った時、スノウは十歳の姿だったから戸惑ったのよね)

ほんの数カ月前を懐かしむ私に、父はにっこりと目を細めた。

「ゆっくりしていて大丈夫かい。私はキアラにいつまでもここにいてほしいけれど、暗くならないうちに帰るってスノウリー君と約束してきたんだろう?」

「そうだけど……。スノウはちょっと過保護すぎだわ」

今朝の心配そうな表情を思い出して、わたしは酸っぱい気持ちになった。

もう子どもじゃないんだから、少しくらい帰る時間が遅くなっても心配いらないのに。

唇を尖《とが》らせたのが不満そうに見えたのか、父は眉を下げて笑った。

「それだけキアラが大切なんだよ。魔法がどんなに上手《うま》く使えても、離れている間のことはよく分からないだろうからね。ここの片づけは私がやっておくから、キアラは荷物の整理をしてしまいなさい」

「それじゃあ、お願いします」

空になったカップを父に託して、わたしは二階にある自分の部屋へ入った。

こっくりした飴《あめ》色のライティングデスクと本棚、ベッドを置いただけでいっぱいの広さだ。朝からあちこち引っかき回したので服やアルバムが散らばっているけれど、それでも同年代の子の部屋よりはだいぶ質素だと思う。もともとそんなに物を持ってはいないのだ。

公爵邸に持っていく荷物はトランクに詰めて、残りは倉庫に移すか、近所の人たちにあげるかして部屋を空けなければいけない。

もうすぐここに、宝石職人の見習いの子が入ることになっている。

家の裏手にある仕立て屋の三男坊で、わたしもよく知っている。たくさんいる兄弟の面倒を見て、跡取りを目指す兄やお嫁にいった姉、忙しい両親を気にかける優しい子だ。

彼は、大きくなってきた妹に部屋を渡すため、住み込みで働ける仕事を探していた。父はその話を聞いて、それなら宝石職人にならないかと声をかけたそうだ。

(お父さんが弟子を取るなんて初めてだわ)

その気になったのは、唯一の家族であった娘が嫁いだからだと思う。

父を一人で住まわせるのに罪悪感があったので、わたしとしては大賛成の弟子取りだ。

「大丈夫かしら。質素といってもこんな部屋で……」

ベッドカバーは新しい無地のものがあるし、フリルのついたカーテンも替えるとして、後はスカラップのランプと小花柄の壁紙にだけ目をつむってもらえれば、男の子でもいけるはず！

「あ、でもこれは外さないと」

わたしは、壁に飾っていた額へ手を伸ばした。

一そろいの指輪が描かれたこれは、両親の結婚指輪のデザイン画だ。もちろん母の作。現物はこれを元にして父が作ったそうで、今も彼の左手にはまっている。

母が病気で亡くなった後も、父は頑《かたく》なに再婚しなかった。

自分では扱えないと大通りの店舗を手放し、ひっそりとここに看板をかけて、病床の母が残したデザイン画から作った宝飾品を作って売りながら、わたしを育ててくれたのだ。

娘のわたしから見ても不器用な人だ。

でも、とっても素敵な男の人だとも思う。

（こういう人柄だと分かっていたから、お母さんはお父さんを選んだのかもね）

クスクス笑いながら額を下ろした私は、おもむろにひっくり返した。

「あれ……。この印は、たしかルクウォーツの紋章だわ」

裏板には、わたしが受け継いだ『ルクウォーツ』の名前にちなんだ図形が描かれていた。

多面カットを施したダイヤのような形だ。

エドウィージュ家では女の子が生まれると、このミドルネームをつける習わしがある。

図形はその子を守る印で、産着や身の回りの物に親の手で刺繍《ししゅう》される。

母は、いつかわたしが大きくなってこの部屋を出る日まで幸せに過ごせるように、そして部屋を片づける時に思い出せるように、こっそり仕込んでくれたのだろう。

こういった仕掛けは家中にあった。

キッチンに置いてあるレシピ帳にはいちいち母のコメントが付いているし、一年ごとにわたしの身長を刻みつけたバスルームの柱には、両親の身長も残されている。

それだけでは足りないと思ったのか、病床の母は、わたしにエドウィージュ家に伝わる歌をいくつも教えてくれた。

料理を上手に作るための歌。

落ち込んだ時に自分を励ます歌。

よく眠れるように歌う子守歌もあったっけ。

痕跡と記憶があるから、わたしは母がいなくなっても人生を儚《はかな》むほど寂しくはならなかった。

（お母さん。いつかわたしも、お母さんみたいないい母親になれるかな？）

わたしはベッドに座り、額を膝に乗せて窓の向こうを見上げた。

晴れ渡った空は、天国が見えそうなくらい高くまで澄んでいた。

第一章　飛び出し注意のハネムーン

十一月になると王都ノワーナでは冬支度が盛んになる。

いくら魔法が幅を利かせている国であっても、四季や天候は自然のままだ。

春に花が芽吹き、夏は汗ばむほど暑く、秋には葉が枯れ落ちて、冬は雪が降りつもる。

その流れに身を任せることが人間には大事なのだと、この国を築いたという伝説の大魔法使いが書き残したからだ。

大魔法使いは、千年前に魔竜を封印した際に呪われて不老不死になった。

そして今も、このオブシディア魔法立国のどこかで民を見守っているという。


――実はその大魔法使い、わたしの旦那様なんです。


「って言っても、誰も信じてくれないわよね」

誰にともなく呟《つぶや》いて、わたしは実家から持ってきたトランクを開いた。

中には、アルバムや結婚指輪のデザイン画を収めた額、小さな頃に抱いて眠っていた猫のぬいぐるみ、母から受け継いだ宝飾品など、わたしの宝物が入っている。

スノウと正式な結婚式を挙げたのは二カ月前だけど、その後もなんだかんだと忙しくてセレスティアル公爵邸に運ぶのが後回しになっていたのだ。

実家にあった服や靴は、近所の人たちに譲ることにした。

庶民らしい服装は好きだけれど、常に品格を求められる公爵夫人としては着られない。それなら、用立ててくれる人に渡した方がきっと服も幸せだ。

わたしは三冊のアルバムを抱えて自室を見回した。

ローズウッドの家具はどれも大きい。けれど、中にはスノウが買ってくれた物がぎっしり詰まっていて、あんがい置き場は限られている。

「本棚はここに来た時から満杯だったのよね。机の引き出しはレターセットやインク瓶をしまってあるから入れられないし、かといって支度部屋に押し込めてしまうのも嫌だし……」

うろうろ歩いていたら、ブランケットを運んできたアンナがギギギッと首を傾けた。

『――奥様、どうされました？』

彼女はブリキ人形のメイドだ。

スノウに魔法をかけられて人間みたいに動いている。

セレスティアル公爵家の使用人は執事から門番までみんな人形で、人間はわたしとスノウだけ。関節に継ぎ目があって、雑音交じりの声ではあるけれど、心は人間と変わらない。

アンナもそう。わたしが公爵邸に来た日からそばにいてくれる、信頼できる侍女だ。

「実家から持ってきたアルバムなんだけど、本棚がいっぱいで置き場所に困っているの。アンナはどこがいいと思う？」

『――本棚を整理して空きを作ります。旦那様に女性向けの本を並べろと命じられたので、本棚を埋められるだけ図書室から持ってきたのです――』

「だから、こんなにびっちり詰め込まれていたのね」

そういうことならと、わたしは読み終わった小説や難しすぎる学術書を戻してもらうことにした。だいぶすっきりしたので、ここにぬいぐるみも置けそうだ。

古い順にアルバムを棚に収めていく。

三冊目を差し込もうとしたら、棚板に引っかかってうっかり手から滑り落ちた。

「あ……」

背表紙が床にぶつかって開き、パラパラとめくれていって、写真を貼ったページと空きページのちょうど境目で止まった。

最後の写真は、わたしと父が今年の初めに撮ったものだ。それから半年も経《た》たずにスノウと契約結婚したのだから、人生って何が起こるか分からない。

アルバムを拾い上げたわたしは、白いページの方を見つめた。

(ここからのページには、スノウとの写真を貼っていこう)

スノウは写真を撮る習慣がない。

不老不死の呪いを受けていた彼は、ブリキ人形のように何年経っても外見が変わらないし、家族と呼べる人もいなかった。

必ず先立たれる身にしてみれば、周りの人間は通り過ぎる景色のようなもの。

思い出を残す意味が分からなかったと言っていた。

けれど、呪いが解けてただの人間になったスノウは、毎年のように年齢を重ねていく。

一分一秒ごとに今の彼は過去になるし、過去は思い出にしなければ露と消えてしまう。

やがて年老いて、わたしか彼のどちらかが天国へ旅立った時、嬉《うれ》しいことも悲しいことも思い出せるように写真をたくさん撮っておきたい。

(スノウも賛成してくれるといいな)

アルバムを本棚に差し入れて、倒れないようにぬいぐるみをもたれかからせる。

ランプがぽわっと灯《とも》ったので時計を見ると、午後五時を過ぎていた。

そろそろスノウが帰ってくる時間だ。

カーテンを寄せて、暗くなった前庭に視線を落とす。

空はもう紺色混じり。公爵家の敷地は広く、遠くに大きな湖や針葉樹の林が見えるが、ほとんど闇に沈んで切り絵のように黒い輪郭を浮かび上がらせている。

その間を、銀色のキラキラした光がすごい速さで近づいてくる。

あれはセレスティアル公爵家の馬車だ。白銀の客車は三頭の白馬に引かれているが、馭者《ぎょしゃ》は乗っていない。手綱を操っているのは魔法だ。

回る車輪から光の粒子が散らばって、馬車の軌跡をなぞるように光の尾が伸びる。

「出迎えにいかないと」

階下に下りると、玄関にはすでに執事のノートンがいて、表に馬車が停まったタイミングで扉を開ける。

主席国家魔術師だけが身につけられる濃紺色のローブをひるがえして降りてきたスノウは、立ち止まることなく屋敷に入ってきた。

「おかえりなさい、スノウ」

「ただいま、キアラ」

スノウはノートンの前を素通りしてわたしの方へ歩み寄る。

「ご実家の片づけはどうなった？」

「無事に終わったわ。私物はそんなになかったもの。アルバムや母から受け継いだ宝石なんかの大切な物だけ持ち帰って、部屋にしまったところよ」

「アルバム……」

その言葉が引っかかったらしく、スノウは長いまつ毛を伏せた。

頬に陰が落ちたのも一瞬。懐から取り出した杖《つえ》で空中に円を描く。

魔術師である彼は、杖を振るったり指を鳴らしたりして魔法を発動させるのだ。

杖の先端から流れ出した光の粒子に取り巻かれて、わたしの体がふわっと浮く。

「ど、どうして魔法をっ!?」

驚くわたしを両腕で抱きかかえたスノウは、楽しそうに口の端を上げた。

「キアラの昔の写真が見たい。今すぐに。ノートン、夕食の時間を遅らせろ」

『かしこまりました』

主《あるじ》に忠実なノートンに見送られて、スノウはわたしを抱き上げたまま階段を上った。

足取りは軽やかだ。魔法でわたしの体重が軽くなっているせいではなく、スノウの気持ちが浮き立っているからである。

ただの家族写真に、そんなに期待されたら恥ずかしい。

わたしは彼の足を止めようと、あれやこれやと言い並べた。

「別に見ごたえのあるアルバムじゃないわ。わたしの写真なんて食事の後でもいいじゃない。今日はわたしが作れなかったから、料理長が自慢の腕を振るったフルコースなのよ」

「だから後でいいと言っているんだ。キアラの料理ならすぐに食べる」

「そ、そう？」

単純なわたしはおだてられて嬉しくなった。

早足で部屋に入ったスノウは、控えていたアンナに命じてアルバムを三冊とも持ってこさせる。

ソファに並んで座ると、先客であるクマのぬいぐるみが押しつぶされた。

スノウは気にならない様子で、わたしが手に取ったアルバムをのぞき込んでくる。

「何歳頃から撮っているんだ？」

「生まれた時からよ。たいてい、どこのお家《うち》でも赤ちゃんが生まれたら写真を撮るの。このアルバムはお母さんの物だったから、独身の頃のお父さんもいるわ。わたしの写真は……」

表紙をめくってエドウィージュ家の歴史をたどっていく。

二冊目の真ん中辺りから母のお腹《なか》が大きくなっていき、満を持して、レースのおくるみに包まれた赤ちゃんが現れた。

「これ、わたしよ」

「これが……！」

ふくふくしたほっぺを真っ赤にして笑う赤ちゃんに、セレストブルーの瞳が輝いた。

写真相手に感激しすぎじゃないだろうか。まあ、わたしもスノウの赤ちゃんの頃の姿が見られたら、同じように喜んだと思うので何も言うまい。

スノウは、次々とページをめくっては、少しずつ大きくなっていくわたしに目を細める。

「事あるごとに撮っていたんだな。ご両親はカメラの趣味でも？」

「趣味ってほどではなかったみたい。たぶん、子どもの成長を残したかったのね。こうしておけば、家族の形を忘れないで済むもの。誰かが欠けても、ここにある思い出はなくならないもの」

　このアルバムがなかったら、わたしは母の顔を忘れていただろう。

　現に、脳内に残ったリアルな姿はほんのわずかだ。時おり写真を見て思い出さなければ、それすらも薄れて消えていく。

　そんな状態で楽しそうな家族を見てしまったら、自分が本当に母から愛されていたのか疑って、寂しさに潰れていただろう。子どもにとって孤独は死活問題なのだ。

　命の灯は突然消える。

　不死の呪いでも受けいていない限り死は平等に訪れると知っていても、遺《のこ》されるのは辛《つら》い。

「家族の形、か……」

　スノウまでしんみりしてしまった。

　いけないと思ったわたしは、わざと明るい声で三冊目を開いた。

「見て見て！　記念日や旅行の写真もあるのよ。わたし、アルバムを開いて思い出話をするのが好きで――」

「キアラ」

　話をさえぎってスノウが手を握ってきた。

　星のようにきらめいていたはずの瞳は、芯のあるまっすぐな気迫に満ちていた。

「これからは二人の思い出をたくさん作ろう。写真も撮ろう。アルバム何冊分でも君の好きなだけ作ればいい。僕も仕事より家庭を優先する」

「優先と言っても限度があるでしょう？　スノウは国家魔術師なんだもの」

オブシディア魔法立国は魔法によって成り立っている。政治や経済、国防にまで活用されていて、それらの魔法は魔法中枢局に勤める国家魔術師たちが管理している。

スノウは、その中でもっとも重要な国家機密機関の主席なのだ。

国防のための魔方陣を維持したり、各地に魔法を行き渡らせる魔法基地局を稼働させたり、国の式典をつつがなく執り行ったりするため忙しい。

家庭の方を優先すると言ってもらえて嬉しいけれど、ここでわたしが「スノウありがとう」なんて言おうものなら、絶対にずる休みして家にいようとする。

(前科もあるし、甘やかすのは良くないわ)

飴《あめ》と鞭《むち》を上手に使い分けて、夫のやる気を後押ししてこそ良妻だ。

「わたし、お仕事を頑張ってるスノウが好きよ。だから気にしないで。ね？」

あえてにっこり微笑《ほほえ》む。スノウは対照的にむっと口を曲げた。

「君は、仕事と僕、どっちが大事なんだ？」

「んんん？」

わたしは首を斜め四十五度に傾けた。

それ、激務で家に帰ってこない旦那さんに奥さんが言う台詞《せりふ》なのでは。

スノウったら、千と十七年も生きているのに変なところで子どもっぽいのだ。わたしが他の男性と話すだけで嫉妬するし、一緒のベッドで眠らないといじけるし。

むくれる顔を見つめながら、わたしは頬をぐいっと押して傾きを直した。

「もちろん、スノウの方が大事だわ。思い出は一緒にいるうちにできていくものだから、躍起になって作らなくてもいいのよ」

愛情とカメラがあれば自然と写真は増えていく。手持ちのアルバムなんてあっという間に埋まって、新しい物を買い求めなければならなくなるだろう。

わたしがスノウと作りたい家庭はそういうものだ。

自然で、さりげない優しさに満ちた、幸せな小さな世界を作り上げたい。

スノウは、氷の貴公子と讃《たた》えられる美貌を大真面目に整えて、こくりと首肯した。

「分かった。僕はこれまでのように仕事を頑張ると約束する。だから君も、僕との思い出作りに励むと誓ってほしい」

うーん。まったく伝わっていないわね。

わたしとしてはスノウが仕事をずる休みしなければそれでいいので、神妙に頷《うなず》いておいた。

「誓うわ」

「それでは、来週、新婚旅行に行こう」

「んんんん？」

話が明後日《あさって》の方向に飛んだので、わたしの首は傾くだけでは済まずに回転しそうになった。

「わたしの話、聞いてた？　来週はギネーダに出張でしょう」

山渓国ギネーダは、この秋にオブシディア魔法立国へ併合された。

扱いとしては自治州で、自治政権の首長となったサイファが、オブシディアのクラウディア女王から大権を預かって政治をするという形をとっている。

それに合わせて魔法中枢局も忙しくなった。

オブシディア全土に行き渡っている防護魔法をギネーダにも広げるため、新たな魔法基地局をギネーダに建設すると決まったのだ。

先だって建物は完成したので、スノウ自らおもむいて魔方陣を稼働させなければならない。

国をまるごと守る魔法は、現時点では大魔法使いである彼しか操れないからだ。

そのための出張が来週だった。

「スノウは大役を務めないといけないのよ。出張を取りやめて新婚旅行なんて許されないわ」

「行き先がギネーダならどうだ」

「え？」

きょとんとする私の眼前で、スノウが指を鳴らす。

空中に光の線が走り、直角に折れ曲がって長方形のスクリーンが現れた。

画面に流れ出したのは、とあるプロモーション映像だった。

ハイビスカスの花が浮かんだプールや、ヤシの木に囲まれた新築のホテル、半袖にサンダルという軽装で楽しそうに歩く人々が次々に切り変わる。

「これはなあに?」

「最近、開発されたリゾート地だ。ギネーダは領土のほとんどが山岳地で寒冷な気候だが、ここカルベナは火山湖を有しているので温暖らしい。ギネーダに出張するならキアラも連れていってはどうかと、女王陛下に勧められた」

クラウディア女王は、御年五十六歳とは思えないほどパワフルな為政者だ。

普段から甲冑に身を包んでいて、毎年冬になると魔法騎士団を率いて雪山にクマを倒しにいくような脳筋で、長らくスノウの後見人だった。

彼女は、スノウが自分に黙って婚活していたことに腹を立て、一芝居打ってわたしと契約結婚させた張本人でもある。

結果として運命的な夫婦になれたわけだけど、いきさつが特殊だったのでスノウは女王が新生活に口を出すのを鬱陶しがっていた。

(それがこの変わり様!)

ひねくれ者のスノウがすんなり心動かされたとは考えにくい。恐らく、彼なりに新婚旅行について考えていたのだろう。

新しい基地局を動かすため、最近のスノウはいつにも増して激務だった。

スケジュールも頭もいっぱいだったはずだ。

考え事をする時間があるなら、ゆっくり休憩でもしたらいいのに。

(それだけ、わたしを気にかけてくれていたのね)

どこならわたしが納得するのか悩んで、観光地の情報を集めたり相談するタイミングを探ったりするスノウを想像すると可愛《かわい》い。

普段のクールさとは正反対な一面に、クスクス笑いが漏れてしまう。

「女王陛下おすすめの場所なら、わたしもついていこうかな。そのまま新婚旅行するって、ちゃんと休暇申請してね」

「する。すぐにする」

即答してスノウは立ち上がった。嫌な予感がして、わたしは彼の袖を引っ張る。

「ス、スノウ?」

「休暇申請書を作ってくる。アンナ、キアラがギネーダで困らないよう入念に荷造りをしてくれ。それと、僕の部屋にノートンを呼ぶように。旅先の手配をさせる」

『――かしこまりました――』

「ちょっと待って、スノウ。今はディナーが先!」

わたしは彼の腕にしがみついた。

いくら新婚旅行が楽しみだからって、期待でお腹は膨れない。

スノウは書類仕事に集中し出すと満足するまで腰を上げないので、場合によっては空腹のまま朝を迎えることになってしまう。

「離してくれ。事態は一刻一秒を争う」

「そんな緊急事態じゃないわ！」

ぐぐぐっと抵抗するスノウと足を踏ん張って引っ張るわたし。

猫のじゃれ合いみたいな攻防はしばらく続いたが、わたしが行ってらっしゃいのキスを二倍に増やすという条件を出して、なんとか二人で夕食をとることに成功した。

休暇申請が通ったとスノウがほくほく顔で報告してきたのは、その翌日のことだった。

◇　◇　◇

オブシディア国内でのギネーダの評判はさまざまだ。

ある人は、昔ながらの伝統が残っていて素晴らしいと褒める。

またある人は、世界に取り残されて後進的だとけなす。

自分はどんな印象を持つだろう。そんなことを思いつつギネーダに足を踏み入れたわたしの印象は〝素朴〟だった。

道路は土がむき出しで、荷物を背にのせたロバやヤギが行き交う。

家はもっぱら土や木でできた平屋だ。市場には痩せた野菜や歯が生えた魚が並び、市民は吹き抜ける強い風から肌を守るために厚手の服を身につけていた。

高層の宮殿や屋敷が立ち並び、商品には魅力的に見せる魔法をかけて、装飾の多い軽やかな服を好んで着るオブシディアが、大昔に通り過ぎてきた文明がここにはあった。

ギネーダの首都に新設された魔法基地局は、料理に使うボウルを逆さにしたような形をしていた。

この個性的なドームは、スノウの発案によって設計されたという。

オブシディアの建物は四角い形が基本だが、四方八方に魔法の効果を伝えるには円形がもっとも効率がいいらしい。

言われてみれば、魔方陣はだいたい丸い形をしている。

幌《ほろ》つきの馬車を降りたわたしたちを、自治政府の面々が出迎えた。

先頭で微笑んでいるのは、ギネーダ自治区の首長であるサイファだ。

首長だけが身につけられる芙蓉《ふよう》の文様を織り込んだ礼装を身につけていて、オブシディアにやってきた時とは別人かと思うくらい地味である。

目立たない服装をしていると、サイファの彫りの深い顔立ちがいっそう際立つ。男性美というのだろうか。貴公子然としたスノウとは方向性の違う端正さだ。

「ギネーダへようこそ。我々は、オブシディア魔法立国の主席国家魔術師であるスノウリー・

セレスティアル公爵閣下の到着を歓迎いたします」

友好的に差し出された手を、スノウは穏やかな表情で握り返す。

「ありがとうございます、サイファ・ユーベルム・ギネーダ殿。皆さんの温かな出迎えに感謝します」

礼儀正しい受け答えだけど、普段の関係を知っているとてもぎこちない。

実はこの二人は仲が悪いのだ。

だけど、今日はオブシディア魔法立国から来た要人とギネーダ自治区の代表という立場があるので、いつもみたいに口喧嘩《げんか》できないのである。

このまま仲良しでいてくれないかしらと思うわたしに、握手を終えたサイファが話しかけてきた。

「キアラさんもよく来てくださいました。今朝早くに『スノウリーたちを名所に連れていけ』という手紙を持った白鳥が窓を叩《たた》いた時は、何があったのかと思いましたよ」

オブシディアでは郵便物を運ぶのは鳥類の仕事だ。王都内だと伝書鳩《ばと》を飛ばすけれど、長距離になると渡り鳥が使われる。

王都ノワーナからギネーダまでは、魔法で足を速めた長距離馬車で一週間かかる。

女王はわたしたちが首都に到着する日に合わせて、サイファに言づけを飛ばしてくれたようだ。

「わたしたち、ここで新婚旅行をするつもりなんです。火山湖近くにあるという南国風のリゾートで」

「カルベナですね。実は、そこを開発させたのは私なんですよ」

「サイファ様がお作りになったんですか」

「ええ、素晴らしいところです。詳しくは後でお話ししましょう」

サイファはわたしたちを基地局の中へ案内してくれた。

本来であれば部外者であるわたしは入れない場所だけれど、関係者ということでスノウが防護魔法を施すところを見学することになった。

基地局の内部は、外周に沿って部署が設けられている。防護魔方陣を敷く部屋は、その中央に広く作られていて、真上には空へと通じる天窓があった。

サイファをはじめとしたギネーダの重鎮たちに見守られながら、スノウは床石に刻まれた魔方陣の外側に立つ。

一口に魔方陣といっても、ここにあるものは巨大だった。

家が建つような広い円の中に、解読不能な古代語や動植物の絵が点在していて、線で繋《つな》がっている。全体を見渡すと星座図にも似ていた。

スノウが氷や水を呼び出す時に使うものとはスケールが違う。

この魔方陣を構成するまでに、どれだけ彼が試行錯誤したか想像して胸が熱くなった。

息を整えたスノウは、ローブの内側から杖を取り出した。

長年使い込んだエルダー材には美しい艶がある。絡みつく指は雪のように白い。

スノウは杖の先の方にもう片方の手を添え、顔の高さに掲げる。

「大魔法使いの加護のもと、このギネーダの大地と、山と、谷を、オブシディアと等しく守護せん——」

厳かな詠唱は、青白い光のインクによって空中に記されていく。

辺りがぼんやり照らされると、どこからともなく雪を含んだ風が吹いてきて、白銀の髪や濃紺のローブをバタバタとはためかせた。

魔力が集まるのを肌で感じて、重鎮たちはざわつく。

魔術師が魔法を使うところを初めて見たのだ。

これまでギネーダは、他国の文化が入ってくるのを極端に嫌っていた。サイファが首長になるまで魔法の使用は固く禁じられ、関する書物は焼き払われたらしい。

魔法が浸透しなかった分、ギネーダには呪紋《じゅもん》というおまじないがあるが、それらはあくまで人の行動を補佐するものだ。

魔法では何もないところに氷を出せるが、呪紋で氷を生み出すにはまず水を用意しなければいけない。炎を燃え上がらせるのにも火種がいるし、人形を動かすことは不可能だ。

呪紋では、自ら不運を避けることはできても、外部から悪意を持って行われる攻撃を弾《はじ》き返せない。それを可能にするのが防護魔法だ。

吹雪はスノウの周囲で渦を巻いた。

髪や頬、ローブについた雪がキラキラと輝き、彼の姿を光の化身のように浮かび上がらせる。

神々しいまでの美貌に、集まった人々の呼吸が止まった。

「我が名はスノウリー・セレスティアル。魔法の使役者としてここに身命を捧《ささ》げる」

詠唱はスノウを取り巻いて、強く輝いたかと思うとストンと床に落ちた。

次の瞬間。魔方陣から、カッと凄《すさ》まじい光が放たれた。

「僕の魔法よ、行け」

冷たい中に一抹の愛を含んだ声で命じると、青白い光は一本の柱となって上昇し、天窓を通過して空へと打ち上がった。

晴れ渡った青空に魔方陣が映し出され、そこから網を張るように防護魔法が広がっていく。

(これでギネーダは守護されたんだわ)

部屋の隅に座っていたわたしの胸は、他人に聞こえてしまいそうなほど高鳴っていた。

感動したのだ。

わたしもご先祖様ゆずりの魔力があるので魔法の練習をしているけれど、小さな怪我《けが》を治すのが精いっぱい。

ここまで大規模な魔法を扱えるスノウは、やっぱりすごい。

人目がなかったら彼のそばまで走っていって抱きついていた。

無事に儀式を終えたスノウは、重鎮たちに握手を求められていた。

始まる前は、あのひ弱な青年が国家魔術師なのか、本当に防護魔法をかけられるのかと陰口を叩いていたのに、あっけない手の平返しだ。

こうなるのが分かっていたから儀式を公開したのだろう。防護魔法の発動にギネーダの重鎮を同席させよと命じたのは、他ならぬクラウディア女王だった。

魔法と縁遠かった人々は、事後報告するだけでは本当にかけたのかと疑ってくる。

小さな疑念は、やがてオブシディア魔法立国に対しての不信感へと変わっていくだろう。

しかし、上手《うま》く使えば信頼を築くターニングポイントになる。

女王はスノウを利用して、オブシディアとギネーダに架け橋を作るつもりなのだ。

自分の夫が頼りにされて、わたしは誇らしい気持ちでいっぱいになった。

「スノウはかっこいいわ……」

「そうですね。あの大魔法使いには、私も驚かされっぱなしです」

「サイファ様！」

いつの間にか隣にいたサイファは、柱にもたれてスノウを見つめていた。

首長が立っているのに座っていたら失礼だ。わたしは椅子から腰を上げた。

「近くにいらっしゃるのに気づきませんでした。申し訳ありません」

「この格好では無理もありません。呪紋の入った服は魔方陣の邪魔になるので、今日は着られませんでしたからね。馬車から降りてきた時も思いましたが、貴方《あなた》の方はとても分かりやすいですね」

サイファは含みのある視線でわたしの体をなぞった。

(変だったかしら？)

スノウの職場にお邪魔するので、わたしはかっちりした水色のドレスを着ている。

フリルやリボンは控えめだが、ドレスに馴染《なじ》みのないギネーダの人々には、あまり歓迎されない衣装だったのかも。

「直した方がいいところがあったら教えてください」

気弱になるわたしを、サイファは静かに否定した。

「どこもおかしくはありませんよ。とても貴方らしくて美しいと思います。ただ……自分の色をまとわせるとは、ずいぶんだと思いまして」

「自分の色？」

「キアラと何を話している」

重鎮との会話を切り上げてやってきたスノウが、わたしの背に手を当てた。

サイファに向ける目つきは、拾われたばかりの子猫みたいに刺々《とげとげ》しい。

久しぶりの敵愾《てきがい》心に、サイファは楽しくてたまらなそうな顔で拍手を送った。

「主席国家魔術師殿、素晴らしい魔法でしたよ。これでこの地も少しは良くなっていくはずです。今はまだこの状態ですからね」

　サイファの赤い瞳が天窓に向いた。

　窓を取り囲むようにして、むき出しの太い梁《はり》がいくつも渡されている。

「ごらんなさい、この時代遅れの建築を。ギネーダには新しい物を嫌う風潮があります。そのせいで周辺諸国に取り残され、近代化が遅れているんです。教育、医療、政治、経済全てが古臭く、人々はどんどん困窮しています。負の連鎖を止めるためには、多少強引にでも他国の文化を流入させて、それらがいかに素晴らしいかを体験させるしかない」

　サイファがオブシディア魔法立国との併合を進めたのは、まさしくこのためだった。

　防護魔法を敷いて、まずは権力者たちに荒療治を施す。上の意識が変わって外国文化がタブー扱いされなくなれば、次第に市民も慣れていく。

　他国から観光客を呼べるリゾートを整備したのも近代化の第一歩だという。

　いつの時代も、文化や技術は人の流れに乗ってやってくるのだ。

「カルベナには誰より詳しい自信があります。観光の案内は私にお任せを」

　胸に手を当ててギネーダ式の礼をするサイファに、スノウは「拒否する」と即答した。

「新婚旅行に、さんざん妻を誘惑した男を同行させる夫がどこにいる」

「貴方が第一人者になればいいではありませんか。どうでしょう、キアラさん」

「え、ええっと」

見知らぬ土地なので案内役がいてくれたら安心だ。でも、サイファは行く先々でちょっかいを出してくるだろう。彼の趣味はスノウをからかうことなのだ。

せっかくの新婚旅行なのに、スノウの機嫌が悪かったら元も子もない。

悩むわたしの耳元に、スノウがしっとりした声で囁《ささや》く。

「キアラ、僕と二人がいいよな?」

「私がいると便利ですよ?」

甘く威圧してくるスノウと、怖いくらい満面の笑みで迫るサイファ。

一触即発の様子を見た重鎮たちは、何事かとひそひそ話を始めた。

(誤解です! この二人は単なる犬猿の仲であって、国際問題が起きているわけではないんです!)

できたばかりの架け橋を崩さないためにも、一刻も早くこの場を収めなければ。

焦った私は、両手を組み合わせて叫んだ。

「大変ありがたいお申し出ですが、観光は二人だけでします! わたしたち、新婚ほやほやなので!!」


儀式の翌日。

わたしとスノウは、馬車でギネーダの首都を離れた。硬い座席に座りっぱなしで二時間も山道を上り、ようやくカルベナ地区にたどり着く。

「ずっと座っていたから体が固まっちゃったわ」

スノウに手を取られて馬車を降りたわたしは、思いっきり伸びをした。油を差さないブリキ人形みたいにこわばっていた筋肉がゆるみ、全身に血が巡っていく。

荷物をホテルに届ける手配をしていたスノウは、わたしの背後に気を取られた。

「何があるの？」

白い帽子を手で押さえながら振り返る。

降車場から続く斜面の先に、さざ波立つ広い湖が広がっていた。

水面で反射する陽光は純度の高い金よりもまばゆく輝いている。

波際には白い砂浜があり、湖をぐるりと囲むように遊歩道があった。

「綺麗《きれい》！　火山湖ってどういうものかと思っていたけど、山の上にあるのね」

「火口に水が溜《た》まってそのまま湖になったらしい。現在は休火山らしいが……ここまで広いと壮観だな。それに暑い」

スノウはローブを脱いで腕にかけた。

これほど高い山の頂上ともなれば気温は低いはずだ。

しかし、カルベナは南国のように暑く、立っているだけで汗ばんだ。

降り注ぐ陽の光は強く、実がなったヤシの木やクジラの髭《ひげ》みたいな葉がついたソテツなど、図鑑でしか見たことがないような植物が風に揺れている。

ギネーダの首都が土色の世界なら、ここは青と白と緑。

数時間、馬車を走らせただけで異世界に迷い込んだようだ。

「泊まるホテルは、あそこだな」

遊歩道からそれた場所に、プロモーション映像で見た館があった。

ギネーダに来てから素朴な家ばかり見ていたので、石造りが新鮮だ。

真新しいのはリゾート開発に合わせて建てられたからだろう。

芝を歩いてエントランスに着くと、白い制服を着た少年がガラス製のドアを開けてくれた。

(この模様って……)

ガラスに刻まれたヤモリの絵に見覚えがあった。

これは呪紋だ。出入口に描いておくと、家に災いが入ってこないと言われている。そのためギネーダでは、家を建てたら家人を入れる前に玄関に施す。

わたしが興味津々で観察していたら、少年が強盗除《よ》けだと教えてくれた。

清潔感のある明るいロビーでは、白い花を浮かべたウェルカムドリンクが出された。客はまばらで、名乗るとすぐにチェックインできた。

セレスティアル公爵とその夫人ではなく平民のセレスティアル夫婦として予約が入っていた

のは、スノウがギネーダで身分を明かすと煩わしいと考えたからだ。

案内に従って廊下を進み、そこから表に出て通路を歩いていく。

白い砂浜には別荘がいくつも建っていた。一棟、一棟が客室になっているのだそうだ。

予約してあったのは、先ほどの火山湖が一望できるロケーションのいい家。

大家族用の巨大な屋敷や、天体観察のための二階建ての家もあるようだけど、ここはゆったりした作りの平屋だ。

ハンモックの下げられたリビングに入ったわたしは、窓の向こうの景色に目を奪われた。

「湖がすぐそこにあるわ」

キラキラ光る湖面に誘われて広いウッドデッキに出る。

白い砂浜と波打ち際を眺めるためのビーチチェアがあって、ドリンクを飲みながら語り合うのも楽しそうだ。

(ここでスノウとゆっくりできるなんて夢みたい)

柵によりかかって湖から吹く風を感じていると、ローブを置いたスノウもやってきた。

「気に入ったか？」

「ええ、とっても。下町育ちだからかしら、豪華絢爛《けんらん》なお屋敷よりもこういう自然の中が好きみたい」

思いっきり羽を伸ばせそうだと胸を弾ませていると、スノウはふいっと視線を外した。

「……君は、セレスティアル公爵家が嫌いなのか？」

「へ？」

「貴族の暮らしは、ここと比べたら窮屈だろう」

会話の雲行きが怪しくなってきた。

たしかに、わたしは高級な物よりも素朴な物の方が好き。

良質な宝石に出会った時と同じくらい、花や水や風の美しさに心が震える。

格式高い舞踏会で踊るよりもお家でゆったり過ごしたいし、高級なフルコースではなく家庭的な料理が口に合う。

でも、何より好きなのはスノウだ。

スノウが「ただいま」と言って帰ってきてくれるセレスティアル公爵家ほど、大好きで大切な場所はない。

「それは誤解だわ。わたしはね――」

「だが」

話し出したわたしの唇を指で止めて、スノウは顔を戻した。

有無を言わさない氷柱のような瞳が、わたしの心を射抜く。

「君を逃がすつもりはない。一生、僕のそばにいろ」

思いがけない愛の言葉に、わたしはボン！　と赤くなった。

「～～いるに決まってるじゃない！　何のために結婚したと思ってるの!!」

契約結婚から始まったわたしたちは、自らの意思で本物の夫婦になった。

契約書の魔法やスノウにかかった呪い、魔竜に立ち向かううちに、真実の愛が芽生えていたのだ。

わたしのスノウへの愛は、たかが暮らし向きの違いで揺らぐようなヤワじゃない。

どんな壁でも乗り越えて彼を愛し尽くす。

大好きな人と生きるのが、わたしの幸せなのだから。

「わたしの幸せは庶民暮らしをすることじゃないわ。スノウと生きることなの。スノウがいるセレスティアル公爵家が嫌いなわけないし、どんな大自然の中だってスノウがいないと楽しくない！」

「僕も同じだ」

ほっとした様子で、スノウはわたしの手を引いた。

「キアラがいればどこでも楽しい。だから旅行も楽しみだ。涼しい服に着替えて出かけよう」

部屋に戻ったわたしたちは、それぞれのトランクを開けた。

アンナがトランクに詰めてくれたドレスは、どれも薄手や透け感のある生地で、暑い浜辺を歩いても快適そうだ。

麦わら帽子の他、サンダルや水着、折り畳める日傘まで入っていたのは驚いた。

（それにしても、白や水色、青色ばかりね。何か意味があるのかしら？）

そういえばサイファは、ドレスの色のおかげで見つけやすかった、と言っていたような。

たしかに、青や白い色だとスノウの関係者だと分かりやすい。彼は、星の光を紡いだような白銀の髪と透明度の高いアクアマリンに似た瞳の持ち主なのだ。

国家魔術師の身分を示すローブも濃紺で、青系の色というと真っ先に彼が思い浮かぶ。

それでピンときた。

（わかったわ、アンナ。これは迷子防止のためね！）

はぐれても探しやすいように、服の色味を統一してくれたのだろう。

ノートンも出がけに『奥様、決して旦那様と離れてはいけませんよ』と心配そうに言い聞かせてきたし、見送りには洗濯係や料理長まで出てきて機械油の涙を拭っていたし……。

（みんな、わたしに過保護なのよね）

理由は分かっている。主人であるスノウの影響だ。

彼はわたしを妻として大切にする一方で、何も知らない子どものように扱ってくる。

そりゃあ、千年も生きた大魔法使いに比べたら、わたしは赤ちゃんみたいなものだけど。

（この新婚旅行で一皮むけてやるんだから）

わたしは張り切ってドレスを漁《あさ》っていった。スノウがドキッとするような大人びたものをと考えていたら、さらりとした綿レースが手に触れる。

白いレース地に紺色のラインが入ったリゾートドレスだった。

着てみると、たっぷりしたスカートがサーキュラー状に広がってひらめいた。これなら被《かぶ》ってきたツバの広い帽子にもぴったりだし、自然豊かなカルベナの景色にも似合いそう。

サンダルのリボンを足首で結びながら、スノウの方をうかがう。

（彼はどんな服にしたのかしら？）

スノウの荷造りはノートンの役目だった。

彼の性格上、気を張らずに着られる服装にはならないと思うけど……旅行なので新たなスタイルが見られるかもしれない。

しかし、わたしの期待は裏切られた。

スノウは、薄手のシャツにベストという、リゾート感の一切ない見慣れた軽装だったのだ。

（似合っているけど。似合っているけど！）

ちょっとでいいからスノウの新たな一面を見てみたかった……！

悔しくてハンカチの端を噛《か》んでいたら、何をしていると呆《あき》れられる。

「用意はできたのか？」

「ええ。スノウは？」

彼は部屋の鍵だけ持って出ていこうとする。

外出時に欠かしたことのないローブは、クローゼットに吊《つ》られていた。

これは国家魔術師にとっての身分証明書みたいなもので、スノウのような高い地位に就いている魔法使いはプライベートでも着用する。

持っていかなくていいのかと尋ねたら、「今は職務中ではない」と固い答えが返ってきた。

「オブシディア国内であれば、常に身につけなければならない。しかし、ここはギネーダだ。妻と新婚旅行をしているただの男には必要ない」

仕事人間のスノウだけど、今回はきっちり切り替えてくれるみたい。

(本当にスノウを独り占めできるんだわ)

美しい自然の中で、仕事も気にせずに、大好きな人と二人きり。

こんな幸せな時間を過ごせるなんて、新婚旅行って本当に素敵。

スキップしたい気持ちに蓋をして、スノウに寄り添ってホテルの本館まで歩いた。

今のわたしたち、カルベナのプロモーション映像くらいは映えているんじゃないかしら。

散策する前にカウンターで近くの名所を教えてもらう。

湖の南側にあるこのホテルから時計回りに遊歩道を歩いていくと、ギネーダの伝統建築で作られた美しい祠《ほこら》への道がある。

そこに奉《まつ》られた火の精霊には、恋人たちの愛を燃え上がらせるご利益があり、新婚旅行には特におすすめなのだとか。

「カルベナ地区は、休火山にあるので火の魔法元素が多いんですよ」

オブシディア語が堪能なコンシェルジュに「だから温暖なんです」と説明されて、スノウは納得していた。

ホテルを出ると強い日差しに目がくらんだ。夏の一等暑い日に降り注ぐ陽光のようだ。

遊歩道を進みながら、わたしは新鮮な空気を胸いっぱいに吸い込む。

「気持ちいいわ。リゾートなのにあまり観光客がいないのね」

たまにいる人々は、観光客ではなくこの辺の住民のようだ。

文様を織り込んだ民族衣装を着ているので分かる。

よそ者のわたしたちを見た反応はさまざまで、若者は好奇心に満ちた目をして、老人は顔をしかめ、子どもは無邪気に褒めてくれた。

三者三様の反応から、オブシディアに対するそれぞれの意見が見えてくる。

ギネーダ人の中には、併合されたことに対して、耳を塞ぎたくなるような怨嗟の言葉や辛辣な憤りを抱えている人だっているはずだ。

人の数だけ思想があっていい。でも、わたしはこう主張したい。

オブシディアはギネーダの敵ではありません。たとえ、あなたたちがオブシディアを嫌っていても、わたしの夫は分け隔てなく守ります。

(どうか信じてください)

心の中で祈っていたら、スノウの手が腰に回った。

「気にするな。時間が経てば分かり合えるようになる」

「そうよね。だって、サイファ様も女王陛下も、スノウも力を尽くしているんだもの」

溝は必ず埋まる。

時間はかかるけれど、お互いを尊重して生きられる国に、きっとなる。

調子を取り戻したわたしは、スノウととりとめもなく語り合う。

防護魔法をかけるスノウがかっこよかったと話したり、咲き乱れる花々に感動したり、鮮やかな羽の鳥を見つけたりしてはしゃいだ。

お淑《しと》やかにしていようと思ったのに、計画は初っ端からとん挫だ。

それでもいい。こんなに楽しいんだもの。

歩いて十五分ほど経った頃、左手側に森へ入る小道が見えた。

「ここだな」

石畳の道に入ると空気が冷えていた。鬱蒼《うっそう》とした木々が陽光をさえぎっているせいだ。

「涼しくて助かるわ」

軽く汗をかいていたわたしは帽子を外して一息つく。

その瞬間だった。真横から白い塊が飛びかかってきたのは。

「きゃっ⁉」

「キアラ！」

帽子をかすめ取られて倒れそうになるわたしを、スノウがとっさに抱きとめる。

塊は前足から着地すると、帽子をくわえたまま振り返った。

その姿に、わたしは我を忘れてときめいた。

「可愛い……！」

白い塊は、青い目を持つ獣だった。

腕にすっぽり収まりそうな大きさで、頭は体の四分の一を占めるほど大きく、縞《しま》の入ったもふもふの体毛で覆われている。

猫かとも思ったが、耳は満月を半分に割ってくっつけたみたいに丸みがある。

しかも、額にはルビーみたいな宝石が輝いていた。

「あれは何かしら？」

「虎だな。大昔、外国で見たことがある。もっとも、僕が見た虎は大人の男よりずっと大きかった。あのサイズだとまだ生まれてから日が浅い。アクセサリーもついているし、どこかのペットかもしれないな」

「飼い主のところから逃げてきちゃったの？　おいで」

手を伸ばすと、子虎は帽子をくわえたまま逃げてしまった。

「キアラはここで待っていろ」

スノウはわたしを置いて走り出した。リゾートドレスを着たわたしでは足手まといになるので、彼が一人で動いた方が追いつける。

だけどわたしは、自分の帽子が取られたのに黙って待っていられる性分じゃない。

「わたしも行く！」

少し遅れてわたしも走り出した。

しかし、サンダルではスピードが出ない。自然の石を敷いた足下はガタガタしていて走りにくいし、道の左右から大きな葉っぱがせり出していて、手でかき分けなければ進めなかった。

懸命についていくうちに不思議なことに気づく。

前を行く子虎の周りに、蝶《ちょう》の鱗粉《りんぷん》のような赤い光がふわふわ浮いているのだ。

(火の粉みたいだわ)

下にばかり気を取られていたら、いきなり巨大な建造物が現れた。

「ひっ」

足を止めたわたしの前で、先にたどり着いたスノウもそれを見上げていた。

「これが祠か」

祠は赤銅色の石を塔のように積み上げてあり、小さな屋根がいくつも重なった特徴的な形をしていた。風雨にさらされて大部分が削れていて、祠というより岩山だ。

壁肌に刻まれた呪紋がかろうじて読み取れる。

揺らぐ花びらのように見えるこれは、激しく燃えさかる炎を表している。

種火を大きく燃え上がらせたい時に使うものだ。この呪紋を入れただけで出火することはないが、火事を避けるため建物には入れないのが一般的だ。

子虎は、祠の前にちょこんと座っていた。

しっぽは右に左に動いて地面を叩く。そのたびに火の粉が飛んだ。

(ただの虎じゃない気がする)

少し怖いが、わたしの帽子は前足の手前に置いてある。今なら取り返せそうだ。

「僕が行く」

スノウはベストに忍ばせていた杖を取り出した。

魔法で動きを封じるつもりのようだったので、わたしは彼の袖を引いて止める。

「魔法をかけたらびっくりさせちゃうわ。わたしに行かせて。虎さん、帽子を返してね」

優しく話しかけながら、しゃがんで帽子に手を伸ばす。

噛まれてたわんだブリムの端まで約五十センチ。じりじりと距離を詰めていく間も子虎はしっぽをパタパタさせて、じーっとこちらを見つめてくる。

帽子を奪った時と比べると、別の子かと思うくらい大人しい。

(追いかけっこしたかったのかしら?)

青い炎のような瞳と見つめ合ううちに、中指がブリムに触れた。

途端に、チクッと針で刺されたような痛みが指先に走った。

「っ、なにこれ……！」

痛みというより熱さだ。帽子が鍋みたいに熱々になっていて、脊髄反射で体が逃げようとするのに手が離れない。

「スノウ、どうしよう！　指がくっついちゃった」

「見せてみろ」

スノウが膝をついてわたしの腕に触れたら、子虎は大口を開けて咆哮《ほうこう》した。

「がおおお！」

「うわっ」

鳴き声と共に吐き出された火炎を、スノウは横に飛びのいて避《よ》けた。

火は消えず、蛇のように地面を這《は》ってわたしをぐるりと取り囲む。

（炎に囲まれちゃった！）

吹き抜ける風にあおられて火柱がゴウッと上がる。

帽子を抱きしめて熱に耐えるけれど、じりじりと肌に迫る感覚が恐ろしい。

「助けて、スノウ……」

「待っていろ！」

スノウは杖を振るって空中に大量の水を呼び出した。

強い水流を炎に浴びせかけるが、対抗するように火柱の勢いが増した。

水はかけたそばから蒸発して、周囲の景色を霞《かす》ませる。

「くっ」

消火が難しいと悟ったのか、スノウは体当たりで飛び込もうとしてきた。

「やめて！　スノウが危ないわ！」

わたしの治癒魔法もいくらか上達したとはいえ、火傷《やけど》のような大怪我は治せない。

（自分で炎から抜け出さないと……あれ？）

スカートを縛ろうとしたわたしは異変に気づいた。

火柱から伸びる炎が服をチロチロと舐《な》めているのに、少しも燃え移っていないのだ。

それどころか、焦げてすらいない。レースは下ろしたての白さを放っている。

「どうして燃えていないのかしら？」

「がう」

炎をくぐり抜けて子虎がやってきた。

動けないわたしの膝に前足を乗せて、甘えるようによじ登ってくる。

間近で見て分かったが、子虎の額にある真っ赤な宝石はルビーではない。ガーネットやレッドスピネルとも違う。透明度が高くて光を乱反射する、わたしが見たこともない石だった。

石の内側には祠にあるのと同じ炎の呪紋が刻まれていて、艶《なま》めかしく輝いた。

「あなた……何者なの？」

「がーう！」

子虎は威勢よく鳴いて、わたしの首筋にカプッと噛みついてきた。

わたしは真っ青になる。

（たたた、食べられる――――っ！）

パニックになった脳裏に、緊急ニュース速報が流れる。

――ギネーダ北部のカルベナで女性が野生動物に襲われて亡くなりました。被害者の名前はキアラ・ルクウォーツ・セレスティアルさん（16）。夫と共に新婚旅行で現地を訪れ、散歩の最中に体長三十五センチの子虎に噛まれたものとみられ――。

ありえそう！　いや、あってはならない!!

我に返って子虎を押すけれど、いっそうカプカプと何度も食《は》まれた。だけど痛くない。

（甘噛みされてる？）

肌をかすめる牙がくすぐったくて、怖いのに笑ってしまいそうになる。

油断していたら、ぐさりと牙が突き刺さった。

「きゃあっ！」

痛みに全身がこわばった。傷口から熱が流れ込んで、まるでお湯を注ぎ込まれているよう。

全身が火照って息が苦しい。熱病にでもかかってしまったようだ。

（なんなの、これ）

熱はわたしのお腹の奥でわだかまった。対して、火柱は嘘《うそ》みたいに収まっていった。

火が完全に消え去ると、子虎は満足したのか口を離した。

わたしの胸に額をすり寄せてゴロゴロと喉を鳴らす仕草に危険は感じない。

スノウは、けげんそうに子虎の変わり様を見つめている。

「キアラ、何をしたんだ？」

「わたしは何も。首を甘噛みされただけよ」

スノウは噛まれた側の髪を手でよけた。そして、盛大に困惑した。

「炎の呪紋が焼き付いている」

「えっ」

バッグから鏡を取り出して映してみる。

わたしの首筋には、炎の呪紋が赤いインクで描いたように刻まれていた。

「この呪紋、この子の宝石の中にもあるのよ。どういうことなのかしら……」

「呪紋を扱うということは、ひょっとしてこいつは魔獣なのか？」

顎に手を当てるスノウに、わたしはこてんと首を傾《かし》げた。

「魔獣って何？」

「強大な魔力を持った魔法生物の一種だ。大まかにいうと魔竜も魔法生物だ。カルベナの地に魔獣がいたという伝説を、観光地を調べている時に知った」

魔竜は、千年前にスノウが封印した凶悪な生物だ。最近になって復活した時は、彼とサイファ、女王や魔法騎士たちが総出で再び封印した。

わたしは甘えてくる子虎を見下ろして困惑した。

「この子も魔竜みたいに悪さをするのかしら……？」

こんなに可愛いのに信じられない。

スノウは、わたしにくっついている子虎を刺すような目で睨《にら》みつけた。

「いつまでキアラに甘えている。さっさと離れろ」

スノウが手を伸ばすと、子虎は触れるなと言うように「がう」と火を吹いた。

危うく火傷するところだったスノウは、こめかみにピキッと筋を浮き上がらせた。

「貴様がそのつもりならこちらも徹底的にやる。たしか、近くにティグレ教団の寺院があったはずだ。魔獣の伝説を今に伝えている宗教団体だから、何かしら分かるかもしれない」

「行ってみましょう」

子虎が離れてくれないので、わたしが抱えて運ぶことになった。


遊歩道を湖に沿ってさらに北に進んでいく。

たどり着いたのは岩でできた立派な門だ。この門で囲まれた敷地全てが、ギネーダ全域に信仰者を抱えるティグレ教団のカルベナ地区寺院だという。

見える部分だけでもかなり広く、入ってすぐの場所にある礼拝堂にはたくさんの人々が集まっていた。看板によると、今日は週に一度の礼拝の日のようだ。

受付で事情を話すと、すぐにラシード・アティファイという神官の部屋に通された。

片方の目にモノクルをはめた青年は、子虎を見るなり飛び上がった。

「まさか……これは魔獣様!?」

年はサイファより少し年上の三十代だが、この若さでカルベナ寺院の総代なのだという。

ゆったりした袖が特徴の長い上着に、ストラという帯飾りをかけている。歩きざまに見た他の神官も同じ格好をしていたので、恐らくこれが神職の制服なのだろう。

子虎は、ラシードの上ずった声に怯《おび》えてわたしにしがみついてくる。

「妻はこの生物に呪紋を刻みつけられました。解消する方法を教えていただけますか？」

スノウはこんな状況でも冷静だった。

冷たいまなざしを浴びたラシードは、我に返ってふにゃっと眉を下げる。

「すみません。魔獣様の生体については、私もよく知らないんですよねぇ」

予想外の反応に、わたしは気が抜けた。

「ティグレ教団は、魔獣の伝説を語り継いでいるのではなかったのですか？」

「その通りです。魔獣様は、炎の呪紋が刻まれた宝石を持つ魔法生物で、数々の奇跡を起こしたと伝えられています。分かりやすい資料はどこだったかなぁ」

今にも鼻歌を歌い出しそうな雰囲気でラシードは本棚に向かった。

総代というから厳しい人かと思ったが、どうも周りを和ませる性格みたいだ。

迷わず一冊の本を選んだラシードは、籐《とう》で編まれた低いテーブルを挟んで向かいに座った。

開かれた古びた表紙からは埃《ほこり》っぽい匂いがする。

「これはティグレ教団に伝わる説話集です。この宗教ができたきっかけが書かれています」

変色してすり切れたページには、巨大な獣の絵が描かれていた。

額に宝石が埋まっているところは、膝の上にいる子虎と同じだ。

「この動物こそ『魔獣』と呼ばれる魔法生物です。強い魔力と聡明さで人間を導いた伝説が残っていて、我らティグレ神教では守り神として崇《あが》めています」

「古代語で書かれているな」

スノウは、わたしが見慣れない文字の羅列をすらすらと読み解いた。


――その魔獣は、火の魔法元素より生まれ、体に炎の呪紋を持ち、炎を吹く。

身の丈は大の男をゆうに超え、咆哮はカルベナの山を震わせる。

火口より現れ、番《つがい》となる人間を一人選び、一生を共にするだろう。

「番……」

ぼう然とするわたしの呟きを拾って、ラシードは神妙に頷いた。

「炎の呪紋を刻みつけられたのがその証拠ですよ。魔獣様の炎は凄まじい威力を持ち、その気になれば五つの山と谷を火の海にできるのですが、番に選ばれた人間だけは焼かれることはないそうです。その魔獣様は生まれてから日が経っていないにもかかわらず、番の作り方を分かっていたようですね。さすが我らが守り神です！」

おお神よ、とお祈りモードに入ったラシードから視線を外して、わたしは眉を下げた。

炎に包まれても燃えなかったのは、この子――魔獣に選ばれたからだったみたい。

なぜ自分がと思わなくもないけれど、必死にしがみついてくる様子には感じるものがある。

「この子にお母さんはいないんでしょうか？」

「いないでしょうねぇ。魔法生物は魔法元素が集まってできているので、母体から生まれ出る動物とは違います。母がいないからこそ生まれてすぐに番を作るのでしょう」

なんだか魔獣が可哀想《かわいそう》になってきて、わたしは逆立った毛並みを撫《な》でた。

たぶんこの子は、わたしと出会うまで誰にも甘えられなかったのだろう。

動物にも心はある。きっと心細かったに違いない。

（お母さんがいないと寂しいよね）

魔獣の気持ちが想像できてしまうのは、わたしもそういう時期があったからだ。

お腹がどんなに満たされても、面白い絵本を読んでも、母を失ってぽっかり空いた心の隙間は簡単に埋まらない。

わたしの場合は、父や近所のみんな、エドウィージュ商会で母と親しかった人たちが愛を与え続けてくれたので、寂しさにのみ込まれずに済んだ。

魔獣が愛してくれる存在――番を求めた気持ちが、わたしにはよく分かる。

でも、スノウはそうじゃないみたい。

わたしの首筋にある炎の呪紋を見てから表情筋が凍りついたままだ。

表向きは落ち着いているように見えるけれど、心の中で憤慨している。

わたしの旦那様は天邪鬼《あまのじゃく》なので、素直に感情を表さないのである。

魔獣がわたしに引っ付いているのは、離れるとスノウに何かされると察したからかもしれない。そういう意味では、能天気に喜ぶラシードよりずっと賢い。

「いやぁ！　まさか伝説の存在である魔獣様に会えるとは思いませんでした。キアラさんでしたか。番に選ばれたのはとても名誉なことですよ！」

「なにが名誉だ」

ぼそっと漏れたスノウの声は冷めていた。

うわぁ、嫌な予感。わたしがアンナみたいにギギギッと首を動かすと、人並み外れて美しい顔立ちが極悪人のように陰っていた。

眉間には深い皺《しわ》が刻まれ、セレストブルーの瞳は怒りでギラめく。

「キアラは僕の妻だ。ぽっと出の獣に奪われてたまるか……」

大変、爆発寸前だわ！

わたしはどうやってこの場を収めようかとアワアワする。

絶対零度の剣幕にラシードはドン引きかと思いきや、まるで気にしていない。

ふにゃふにゃした笑顔でスノウをさらに刺激する。

「でも、番を解除する方法は分かりませんよ？　文献には載っていないので、自分でどうにかしていただくしかありませんねぇ」

「そうする」

立ち上がったスノウは、据わった目で杖を魔獣に突き当てた。

「キアラと離れろ。僕の魔法で凍りたくないのなら……」

どこからともなくヒョオオオと雪を含んだ風が吹いた。

温暖なカルベナで、しかも室内が吹雪《ふぶ》くわけない。

スノウの魔力が暴走しかかっているのだ。

魔獣は初めての冷気もとい殺気に怯えていたが、スノウの手がわたしの腕にかかると、いきり立って真っ赤な炎を吹いた。

「がおおおおお！」

炎はスノウに届く直前に、雪に巻かれて消えていく。

接戦はスノウに有利に見えた。が、吹雪が大規模だったので、だんだんテーブルや椅子が凍りついてきた。ラグなんて雪まみれだ。

「スノウ、ストップ！　このままじゃお部屋が冷凍庫になっちゃう！」

魔獣の口を手で塞いで炎を抑えると、スノウも魔法を止めてくれた。

お行儀の悪い舌打ちが聞こえた気がしたが、聞かなかったふりをしておく。

「お騒がせしてすみませんでした、ラシード様！　あら？」

ラシードの姿が忽然《こつぜん》と消えていた。先ほどまで真正面の椅子にいたのに。

「ら、ラシード様？」

「はーい、私はここです。オブシディアの魔法はすごいですねぇ」

置物の壺《つぼ》の陰からひょっこり顔を出して、ラシードはひらひらと手を振った。

一瞬で身を隠すとは、かくれんぼ検定があったら一級を取れるレベルだ。

彼はのこのこ戻ってくると、雪の積もった部屋を見回して肩をすくめた。

「ひとまず勝負はお預けにしませんか。この寺院でよければ広い部屋が用意できますから、そこでゆっくり話し合ってください」

「助かります」

炎を吹く獣をホテルには連れていけないのでありがたい申し出だ。

両手を組み合わせて感謝するわたしに、ラシードは「それと」と言い添えた。

「番を解除する方法が分かったら私にも教えてくださいねぇ。メモして伝説に加えておきますので。それまでのお世話も頼みますよ！」

ラシードはこの機会を利用して、魔獣の生態を探るつもりらしい。

ゆるふわに見えて意外とがめつい性格だ。

問題は、スノウが魔獣との暮らしに納得してくれるかどうか。

わたしは魔獣がまた炎を吹かないように、顔を自分に向けて抱え直した。

「スノウ、お言葉に甘えましょう。この子が一緒だって新婚旅行には変わりないわ」

「それでは二人きりで過ごせない」

「そうね。だから、番を解消する方法を一緒に探してほしいの」

魔獣は、番であるわたしに誰かが触れようとするだけで炎を吹く。

番を解消しなければ、わたしはオブシディアに帰れない。セレスティアル公爵家での愛に満ちた幸せな生活もここで途切れて、スノウとも夫婦を続けられない。

(そんなの嫌)

わたしは、わたしが選んだ大好きな人を、死ぬまで愛し抜くって決めたのだ。

離れていたらスノウを大切にできないではないか。

「わたし、あなただけの妻に戻りたいの。だから、お願い」

心を込めて伝える。スノウは観念したのか、彼にしては珍しくはぁと息を吐いた。

「仕方ない。が、しつけは遠慮しないからな」

ギロリと睨まれた魔獣は、肩を跳ねさせてわたしに飛びついた。

わたしは、ホテルの部屋に一泊くらいはしたかったなと思いつつ、もふもふの背を撫でたのだった。

第二章　魔獣は花嫁にご執心

番《つがい》を解消してもらうまで魔獣と生活を共にするわたしたちに、ラシードが用意してくれたのは寺院の裏手にある別館だった。

若い神官たちが修行する場で、広い部屋がたくさんあるのだという。

ティグレ神教の信者たちが通う礼拝堂から十分な距離があって、建物が独立しているので人に見られる心配はなさそうだ。

「しかも燃えにくいんですよ。炎も雪も好きなだけ出して結構ですから、たくさん試行錯誤して、すくすく魔獣様を大きくしてくださいね。無事に番契約が解消できるようにお祈りしております」

ラシードは親指を立ててわたしを鼓舞すると、軽やかな足取りで去っていった。

魔獣を両腕で抱きかかえるわたしは、彼の姿が見えなくなってもその余韻から抜け出せないでいた。

「なんというか……ギャップが強い神官様ね」

快晴の日に急に降り出す大雨みたいに、ドッとやってきて気づけば引いている。

サイファもたいがい掴《つか》みどころがないけれど、ラシードの場合は縄だと思って握ったら蛇だった、みたいな意外性がある。

味方としては頼りになりそうだけど、付き合っていくのは大変そうだと気づいたから、スノウは身分を明かさなかったのかもしれない。

プライベートで滞在しているのに、やれ貴族だ国家魔術師だと大騒ぎされると困ってしまう。

(とはいえ、ここからが正念場よね)

赤ちゃん魔獣との共同生活（Ｗｉｔｈ夫）がここから始まる。

番を解消してもらい、早くスノウと二人きりの新婚旅行に戻れるように、気合いを入れて臨まなければ。

「魔獣ちゃん。しばらく、ここがあなたのおうちよ」

わたしは魔獣に見せるために別館を歩き回った。

古い床板は削れて壁も退色が激しいけれど、意外にも掃除は行き届いている。

かまどを備えた厨房《ちゅうぼう》やタイル張りのカラフルな浴場、虎の像を奉《まつ》った祭壇の前を通ったが、魔獣の反応は薄い。

鼻をひくひくさせて興味を示したのは、何の変哲もない南向きの部屋だった。

大きな窓越しに、枝葉の間を通った陽光が小さな欠片《かけら》となって降り注いでくる。

細切れの光は、湖を泳ぐ小魚のように揺れた。

足を踏み入れると、ふわっと木の匂いがする。

「森の中にいるみたいだわ」

部屋から、裏手に生えた樹齢何百年かの大樹が眺められる。明るいのに涼しいのは、この木によってほどよく太陽の光がさえぎられているおかげだ。

壁には葉っぱの文様が彫られていて、照明には木の枝をそのまま使っている。

壁際にクッションやブランケットが積み上げられていることから、修行者が寝起きする部屋だと想像がついた。

ここなら、もふもふの毛並みを持つ魔獣も快適に暮らせるのではないだろうか。

わたしは後ろをついてきたスノウを振り返る。

「ここで寝泊まりしましょう。ホテルに連絡したら荷物を持ってきてもらえないかしら?」

「それは後だ。さっさとこいつをキアラから引き剥がさなければ、腹の虫が収まらない」

スノウの情緒は相変わらず氷点下をさまよっていた。

氷柱のように鋭い目つきで指を鳴らすと、房のついたクッションが三つ飛んでくる。一つにわたしを座らせて、もう一つに運んできた数冊の文献を置き、自分も腰かけて足を組む。

この文献はラシードが選んでくれた。

魔獣について知りたいと話したら、本館にある図書室に連れていかれた。

礼拝堂の次に広いというそこには、ティグレ教団が所有している貴重な本が保管されている。

圧倒されるわたしたちに、ラシードは「魔獣様の食べ物についてはこれとこれ、あとこれも参考になりそうですねぇ」と古い書物を惜しげもなく積んでいった。

やけに詳しいと思ったら、神官の仕事のかたわら、ギネーダの動植物を研究しているのだとか。

カルベナに生息する動物には大なり小なり魔法元素の影響があり、魔獣はそれらの始祖として扱われているため参考に読んでいたらしい。

（食べる物と寝かしつける方法が分かったら、魔獣の赤ちゃんだって育てられるはずだわ）

うずうずっと魔獣が動いた。窓際で揺れる光やクッションが気になるようだ。

「遊んでらっしゃい」

床に下ろしてあげると、魔獣はとてとてと部屋を探索し始めた。

わたしは、疲れた二の腕をもみながらスノウが開いた本をのぞく。

楔《くさび》を組み合わせたような古代語がページにぎっしり詰まっていた。

現在のギネーダで使われている丸みのある文字とはまったく異なっていて、わたしには読めない。

「古代語って文字というより図形みたいだわ。スノウは読めるのよね？」

「ああ。魔獣の供物について書いてある」

スノウは、千年生きた大魔法使いなだけあって古代語にも詳しかった。

セレスティアル公爵邸の図書室には世界中の書物があって、スノウはその全てを読破しているのだとノートンが教えてくれたことがある。

国益になる魔方陣を開発するためには、地道な勉強が必要なのだ。

スノウは文字を指でたどりながら解読していく。

「これによると、血を取りのぞいた新鮮な肉、山盛りの穀物、洗い清めた野菜、動物の乳、熟れた果物を、五つの皿に盛りつけて並べるらしい」

「食材をそのまま？　それっておいしいのかしら」

生の肉や火を入れていない穀物は、そのまま食べるとお腹《なか》を壊してしまう。

赤ちゃんにそんな物を食べさせるのかと不安になるわたしに、スノウは「人間とは違う」とにべもない。

「守り神というくらいだ。食事ではなく捧《ささ》げ物と考えれば、むしろこちらの方が正しい。ラシードに用意してもらうので待っていてくれ。おい、貴様」

スノウは、ちょうど足下に来た魔獣の首根を掴んで持ち上げた。

胴が伸びてぷらーんと垂れ下がる姿に、わたしの胸はきゅんと鳴った。

（可愛い～～！）

赤ちゃん体型というのだろうか。お尻の方がもったりしていて、短い手足がもふもふの毛並みからちょこんと生えている。

わたしが子どもの頃に、毎晩抱きしめて眠っていた猫のぬいぐるみみたい。

できることなら全身くまなく撫《な》でくり回したい……！

一方のスノウは、眉間に皺《しわ》をぎゅうっと寄せた物騒な顔つきで言う。

「キアラに妙なことはするな。一人で大人しく遊んでいろ」

「がうっ！」

魔獣は嫌だと言うように吠《ほ》えた。

その拍子に、口から短い炎が吹き出される。

とっさに魔法で防いだが、スノウのシャツの袖口は焦げてしまった。

「……お仕置きが必要なようだな……」

スノウの怒りに呼応して、どこからかコオオオと冷たい風が吹き込んできた。

杖《つえ》もなければ指も鳴らしていないので、これはわたしの錯覚。だけど。

（氷漬けになったのを思い出す寒さだわ！）

両腕をさすっていたら、魔獣が「ぴゃあああ」と泣き出した。

これにはスノウもびっくり顔だ。

わたしは彼を押しのけて魔獣を抱きしめる。

「泣かせちゃだめよ。よしよし、怖かったわね」

人間の赤ちゃんを泣き止《や》ませるように体を上下させたら、魔獣の涙は止まった。

「やけに手慣れているな」

「近所の子たちの世話をしていたの。下町の住民は両親とも働いていることが多いから、近所みんなで持ちつ持たれつ子どもの面倒を見るのよ。裏手のお家《うち》は子だくさんだったから、わたしはよく赤ちゃんをだっこして泣き止ませていたわ」

「キアラが、子どもを……」

昔話から何を想像したのか、スノウの口がなみなみに歪《ゆが》んだ。

眉間の皺はそのままだが、頬がわずかに赤い気がする。

「どうかした?」

「いや……。行ってくる」

廊下に進んでいくスノウは、なぜか右足と右手を同時に出す不思議な歩き方をしていた。


しばらくして戻ってきたスノウは、銀のお皿を手にした五人の神官を引き連れていた。

横柄に腕を組んで、わたしの腕の中にいる魔獣に向かってメニューを告げる。

「用意したぞ。とれたての鹿肉、山盛りのとうもろこし、にんじんとほうれん草、トマトの盛り合わせ、椀《わん》いっぱいのミルクに、熟れたリンゴだ」

床に一直線に並べられると、いかにも供物っぽい雰囲気が出た。

腕の中の魔獣の様子をうかがうと、お皿を見て目を輝かせている。

（これは、いけるんじゃないかしら！）

スノウと視線で頷《うなず》き合って、わたしは魔獣を床に下ろした。

「好きなのを食べていいわよ」

「がう」

短い足でお皿に近づいていった魔獣は、一つ一つの匂いを嗅いで一周すると、とうもろこしのところに戻ってきた。

黄色い粒がぎっしり実った房は、薄皮を剥いだばかりで瑞々《みずみず》しい。

人間の目で見てもおいしそうなのだから、初めて見た魔獣は余計に興味をかきたてられたに違いない。

山のように積み重ねられたてっぺんの実に、口を大きく開けてぱくっと噛《か》みついた。

「食べたわ！」

感激したわたしは、魔獣から目を離さずにスノウのシャツを引く。

ところが反応がない。彼は顎に手を当てて、もぐもぐ動く魔獣の口元を観察していた。

「いや、これは食べたというより……」

「うー……？　ぺっ」

魔獣は、とうもろこしを吐き出した。

房には歯型がくっきり残っていたけれど、粒はほとんどついたままだ。

「全然食べてないわ！」

わなわな震えるわたしの耳に、スノウのお堅い分析が響いてくる。

「文献に記されていたのは、実際に魔獣が食べた物ではないのかもしれない。ティグレ神教で守り神を崇《あが》める際に、儀式的に供えられた物を記録したと考えれば自然だ」

「何を食べるかは分からないってことね……」

わたしはがっくりと肩を落とした。ぬか喜びしてしまって恥ずかしい。

それ以上に、気にかかるのは魔獣の体調だ。

いつ生まれたのか定かではないけれど、赤ちゃんは体も胃も小さいので、すぐにお腹が空《す》く生き物なのだ。食べなければ死んでしまう。

わたしはしゃがんで、ぺっぺっと口についた粒を吐き出す魔獣の背を撫でた。

「お腹が空いたわよね。ミルクだけでも飲めないかしら？」

大きめのお椀を引き寄せる。

なみなみと注がれたヤギのミルクは独特な匂いがした。

わたしは牛のミルクは好きだけどヤギは苦手。クセがあって飲みにくいんだもの。

添えられていた木のスプーンですくって、わずかに開いた口に流し込む。

不意打ちされた魔獣はごくんと飲み込んでくれた。

（よしっ！）

上手《うま》くいって、わたしは心の中でガッツポーズ。

魔獣は、舌を動かして口内に残ったミルクの味を確かめたかと思うと、

「がうがうが！」

牙をむき出しにしてぷんぷん怒り出した。

口には合わなかったようだ。炎は吹かなかったけれど、吊《つ》り上がった目から「もう絶対に食べない！」という意気込みを感じる。

(こうなったら一から探るしかないわね)

魔獣が飢えてしまう前に、できるだけ早く食べられる物を見つけよう。

わたしを励まそうと手を伸ばしたスノウは、魔獣が見つめているのに気づいて引っ込めた。

「……焦らなくていい。魔法元素から生まれている分、ただの子虎より生命力は強いはずだ。他の本も調べてみよう」

スノウは残り数冊の解読に挑んだが、食物についての内容はほぼ同じ。

結局、魔獣に何も食べさせられないまま夜が来て、わたしたちの夕食が運ばれてきた。

綺麗《きれい》なラグを敷いて、ラタンのテーブルの上に料理を並べていく。

ギネーダでは敷物の上に直接お皿を並べるのが一般的だ。ナイフやフォークも使わないみたいだけど、抵抗があったので特別に準備してもらった。

メニューは、炒《いた》めて味つけしたご飯に野菜のトマト煮、豚肉のロースト、塩のきいたねぎの

スープなど。

ギネーダの料理は見た目も匂いも素朴で、オブシディアの家庭料理を思い出す。

魔獣はテーブルに前足を引っかけて後ろ足で立ち、鼻をひくひくさせている。

人間の食事に興味があるのだろうか。

それならばと、わたしは見せつけるように料理を口に運んだ。

「う〜ん！　おいしい!!」

これで食べたいと思ってくれれば万々歳だ。

期待を寄せて様子をうかがう。しかし、魔獣はカトラリーの動きを目で追いかけるだけで、食べ物自体には興味がないようだ。

（とほほ……。今日の食事は諦めるよりないみたいね）

食べ終えて食器を神官に託した後は、魔獣そっちのけで積み上がっていたクッションを集めた。これをブランケットで包んで簡易的な寝床をこしらえるのだ。

寺院の方にはベッド式の仮眠室があって、わたしとスノウはそちらで寝てもいいと言われていたけれど、魔獣がいつ炎を吹くか分からないのでここにいることにした。

昼間ずっと起きていたせいか、魔獣はしきりにあくびをしている。

長いまつ毛がとろん、とろんと下がっては上がるので、眠気はかなり強いようだ。

「わたし、寝かしつけに挑戦してみるわ」

「では、部屋を暗くする」

スノウが指を鳴らして天井の明かりを落とす。入れ替わるように部屋の四隅に置かれたランタンが灯《とも》り、温かみのある光の帯が壁にそって伸びた。

「そろそろおやすみしましょうね」

リンゴを転がして遊んでいた魔獣を抱き上げると、とろんとした瞳がわたしに向いた。

お眠の顔に微笑《ほほえ》みかけながら、真っ白なお腹にぽんぽん触れて、ゆっくりゆっくり歩く。

魔獣は朦朧《もうろう》として、丸い頭がこくん、こくんと揺れた。

眠い、でも寝たくない。やっぱり眠い……そんな心の声が聞こえる。

スノウが息を殺して見守る中、部屋を二周した辺りで魔獣の目蓋が完全に下りた。

(寝た！)

初挑戦での快挙に、わたしの脳内ではファンファーレが鳴り響いた。食事はさせられなかったので、初めて世話らしい世話を焼けた気がする。

健やかな寝息を立てる魔獣を、寝床の中心にそうっと下ろす。

物音を立てないように、そうっと……。

「キアラ、しっぽが」

「え？」

スノウが注意してくれたのに、魔獣のしっぽの真上に体を置いてしまった。

異変を感じた魔獣は、悲鳴を上げて飛び起きる。

「ぴゃあああっ」

「あわわ、ごめんね！」

慌てて抱き上げたけれど、今度はなかなか泣き止んでくれない。

落ち着いてくれることを願って歩き回る。

しかし、一時間経《た》っても魔獣の目は冴《さ》えたままだった。さんざん走り回って、ろくにご飯も食べていないのに、どこからそのパワーが湧いてくるのだろう。

魔獣が眠るのが先か、わたしの腕と足が棒になるのが先か……。

正直、もう半泣きだ。

「うう。どうしたら寝てくれると思う？」

「僕も知らない」

スノウは困り顔で両手を上げた。文字通りのお手上げだ。

結局、魔獣が寝てくれたのは深夜二時を過ぎた頃。

わたしたちは倒れ込むように寝床につっぷして眠った。


翌朝、わたしとスノウは朝食を持ってきた神官に起こされた。

幸いにも魔獣はまだ夢の中だ。膨らんだりへこんだりするお腹の動きで、熟睡しているのが分かる。昨晩の駄々っ子ぶりが嘘《うそ》みたいだ。

静かに起き上がって交互に顔を洗い、寝床と離れた場所に準備してもらった朝食を食べた。

メインは野菜粥《がゆ》だった。塩だけで調味した優しい味わいで、とろとろした温かい食感が疲れた体にしみる。

スノウも一口で気に入ったようで、寝不足からくる眉間の皺が薄れた。

「悪くない味だ」

「それにお腹にも良さそうだわ。スノウ、知ってる？　ミルクを卒業する赤ちゃんは、お粥で料理に慣れていくのよ」

オブシディアでは、初期の離乳食として粗挽《あらび》きの小麦粉にミルクを入れて作ったお粥を与える。最初はスプーンの先にほんの少し、そこからじょじょに量を多くしていって、柔らかく煮た野菜やスープへと移行していくのだ。

「魔獣も粥を食べるだろうか？」

「どうかしら。食材をそのまま出すよりは、柔らかく煮て出した方が赤ちゃんの口には合うと思うけど……」

ぐぅうううう。

威勢のいい音に振り向くと、魔獣が短い足で立ち上がっていた。

うつらうつらしていたが、寝ぼけ眼にわたしたちを映すなり突進してきて、なぜかスノウに炎を吐く。

「がおおお！」

「なぜだっ！」

とっさに氷の壁を作ったおかげで、スノウは丸焦げにならずに済んだ。

わたしは手をかざして魔獣の口を塞ぐ。

「炎を吹いたら、めっ」

強い口調で叱ると魔獣は口を閉じた。しょぼんとして、今度は鳴き出す。

その間も、腹の虫が盛大に騒いでいる。

(お腹が空いているのね)

空腹だとイライラするのは、人間も魔獣も同じだ。

とにかく何か食べさせないと。

わたしは自分のお粥をすくって魔獣の口に運んだ。

「わたしのご飯で悪いけれど、食べてみない？」

素直に口を開けてくれた魔獣は、もごもご口を動かして飲み込みそうな雰囲気だったが、何かに気づいて「ぺっ」と吐き出す。

辛いものでも食べたようだったので、水を入れたコップを差し出してみると、それに舌を浸して洗った。

「どういうことだ？」

「味が濃すぎたのかもしれないわ」

味つけに慣れていない赤ちゃんは、大人にとって薄味のものですら濃く感じる。

(さっきの感じだと、お粥は食べられそうだったわね)

魔獣は人間を番にする。虎を選んだっておかしくないのに。

こうは考えられないだろうか。見た目は違っていても、生態のどこかしらが似通っているから、人間が番に選ばれるのだと。

魔獣の味覚や感覚が人間と同じだとしたら、離乳食を食べられるかもしれない。

「わたし、魔獣が食べられそうな料理を作ってみるわ」

ぐずる魔獣を寝床に下ろし、スノウに見守りを頼んだわたしは、食器の後片づけにきた神官に頼んで厨房の使い方を教えてもらった。

かまどを使うのは初めてだったけれど、マッチで薪《まき》に着火した後は簡単だった。

首筋につけられた炎の呪紋のおかげで、念じるだけで火の強弱を操れたのだ。

供物のにんじんを薄くむいて柔らかく茹《ゆ》でたら、形がなくなるまですり潰す。これに白湯《さゆ》を加えてペースト状にしたら完成だ。

「お待たせ」

お盆にのせた離乳食を持っていくと、部屋では炎と吹雪の攻防戦が繰り広げられていた。

空腹の八つ当たり攻撃を受けたスノウは、氷の盾の向こうから訴えかけてくる。

「こいつ、僕を食べる気じゃないだろうな」

「そのつもりならもっと火力が強いはずよ。魔獣ちゃん、おいで」

ラグに座って手を広げると、魔獣は吠えるのをやめてとことこ歩いてきた。

膝に抱え上げて、作ってきた離乳食を見せる。

「これがあなたのご飯よ。にんじんというお野菜でできているの」

魔獣は、お椀によそったオレンジ色のペーストに目をぱちくりさせる。

スプーンに半分すくって口に流し込むと、舌を動かして味わった後、ごくんと飲み込んで目をキラキラと輝かせた。

「がーうー！」

「おいしい？　もっとあげるわね」

すくって口に入れて、食べたのを確認して、また流し込む。

その間、魔獣はずっとご機嫌だ。熱を加えたにんじんの甘みがお気に召したみたい。

魔獣はしっぽを振りながら食べ続けて、ついにはお椀を空にした。

「完食したのか」

恐る恐るといった様子でうかがっていたスノウがラグの端に乗る。

お腹がいっぱいになった魔獣は、スノウが近づいても炎を吐かなかった。

「この子、神様や虎よりも人間に近いみたい。人間の赤ちゃんが食べる離乳食をおいしく感じるのがその証《あかし》よ。魔獣ちゃん、おいしかった？」

「がう！」

ぴょんと跳ねた魔獣は、人間の赤ちゃんのように愛らしい。

姿形は子虎だけど、これなら愛情を持ってお世話していけそうだ。

「一緒に暮らすのに『魔獣ちゃん』じゃ寂しいわよね。何かいい名前はないかしら……」

目についたのは魔獣の額にある宝石だった。

不純物が少なく澄んでいて、純度の高いルビーのように赤い。

わたしはルビーが好き。赤は女性を魅力的に見せてくれるし、宝石にはそれぞれ石言葉というのがあって、ルビーは『情熱』や『勇気』、『愛』を象徴する。

自信を持ちたい時にはぴったりの石なのだ。

「ルビーから取って、『ルーちゃん』っていう名前はどうかしら？」

「僕に聞かれても困る」

それもそうだと思って、試しに呼びかけてみる。

「ルーちゃん。朝ご飯、おいしかったわね」

「腹はいっぱいになったか、ルー？」

「がう」

一回目と二回目は反応がなかったが、スノウの呼びかけで自分のことだと気づいたらしく、短いお返事をくれた。

嬉《うれ》しくなったわたしは、はっとする。

(親バカになりかけてるわ)

自分の子どもなら好きなだけ溺愛すればいい。けれど、わたしは番契約を解消してもらうために魔獣とコミュニケーションを取ろうとしているのだ。

あまり深入りしすぎると離れるのが辛《つら》くなる。

節度ある距離感で、信頼してもらえるように愛情込めて、でも仲良くなりすぎずに……。

(難しいわ)

円満に食事を終えたわたしは、神官に幼児が遊べるようなおもちゃをお願いした。

ルーちゃんがリンゴを転がして追いかける遊びにはまっていたからだ。

運ばれてきたのはボールと積み木、布製の人形だった。

「ルーちゃん、これで遊んでいてね」

ボールを転がすと、ルーちゃんはリンゴを放ってこちらに夢中になった。

うさぎみたいに跳ね回る様子を、スノウは不可解そうに眺める。

「自分で遠くに飛ばして、自分で追いかけて、自分で元の場所に戻している……。新手の永久機関なのか？」

「物が転がるのが楽しいのよ。ああやって疲れ果てるまで遊んでくれたら、夜は素直に眠ってくれるかも」

夕食にはとうもろこしのポタージュを作った。

それも完食したルーちゃんはボール遊びに戻った。でも、足下がおぼつかない。

満腹になったら睡魔に襲われたらしく、うとうとしている。

まだ夕方だけど、寝かしつける絶好のチャンスだ。

「ルーちゃん。ボール遊びはいったんお休みね」

わたしはおもちゃを持って寝床の方へゆっくり歩く。

(これで誘導できれば)

ちらっと振り返ると、ルーちゃんは立ったまま絶望した表情をしていた。

「がうがうがう……」

どうして取っちゃうの。

そんな台詞《せりふ》が聞こえてくるような鳴き声をもらして、ぼろっと涙をこぼす。

「わわわ、泣かないで！」

急いでボールを渡すとご機嫌が戻ったのでほっとする。

おもちゃを取り上げるのは諦めた方がよさそうだ。

ボールごとだっこして移動させる。どこに連れていかれるのかと硬直していたルーちゃんは、ブランケットの上だと分かって一気にふやけた。

ふかふかした面にお腹をくっつけて、ボールを前足で右や左に転がして遊ぶ。

わたしは、その横に寝転がってわざと大あくび。

「ふわーっ。眠くなってきちゃったわ」

スノウに目配せして寝床に倒れる。

指を鳴らしてカーテンを閉めたスノウは、椅子に腰かけてこちらを見守ってくれた。

(どれどれ、ルーちゃんの様子はどうかしら？)

薄目を開けて、そーっとうかがう。

ルーちゃんは、急な暗がりにびっくりしてボールを遠くに転がしてしまった。しばしぼう然として、目をしぱしぱさせたかと思うと、今までにない勢いで真上に炎を吹き出した。

「があああああうっ!!」

「なぜそうなる！」

とっさにスノウが天井に水を張ってくれなければ、土壁の建物といえど火がついていただろう。じゅうじゅうと音を立てて水が蒸発し、部屋には白い蒸気が立ち込める。

キッとまなじりを吊り上げたルーちゃんを見て、わたしは必死に考えた。

(何が気に入らないっていうの？)

ボールが手の届かない場所に行ってしまって悲しかったのだろうか。

いや、それなら泣きはするけれど炎は吐かないはずだ。

これまでルーちゃんが炎を吐いたのは、機嫌が悪かったり他人がわたしに触れようとしたりした時だけ。相手はほぼスノウで、どこか一点目がけて炎を吹き続けはしなかった。

ルーちゃんは、いったい何をしようとしているのだろう。

炎の先を見上げたわたしは気づく。揺らぐ水面の向こうには、木の照明があった。

(明かりをつけようとしているんだわ！)

窓際に走っていって思いっきりカーテンを開ける。

部屋が明るくなると、ルーちゃんは炎を吹くのをやめてくれた。

「ルーちゃんは、突然部屋が暗くなったから明かりをつけようとしたんだわ。誰かを傷つけるためじゃなく、わたしたちの役に立とうとしてくれたのよ」

善意での行動だと知ってスノウは複雑そうだ。

「言葉が通じないのは厄介だな。行動や反応から、何を求めているのか感じ取る必要がある」

「そうね。でも、それは人間の赤ちゃんと一緒だわ」

意思の疎通ができなくても、やってほしいことや危ないことが伝わらなくても、世話を続けなければならない。

子育ては、反応の違いに気づいて、試行錯誤を繰り返して、小さな信頼を積み上げていく作業なのだ。もどかしいけれど、始まった以上はどんなに過酷でも止められない。

選択肢は〝続ける〟一択しかない。

「人間と同じか」

スノウはわたしの言葉で目が覚めたらしい。ルーちゃんを見る目に少しの情が混ざった。

「幼い頃のキアラもこうだったんだろう。育て上げたご両親を尊敬する」

「どうしたの急に。スノウだって赤ちゃんの頃はあったはずでしょう」

「覚えていない」

そう言って、まるで生まれた時から完璧だったように振る舞うから、わたしはふふっと笑ってしまった。

「みんな同じよ。子どもはみんな、愛されるために生まれてきたの」

ふくふくした赤いほっぺで、言葉も話せなかった頃のわたしに思いを馳《は》せる。

さすがに炎は吹かなかったけれど、手間をかけて作った離乳食でなければ飲み込めない時期はたしかにあった。

今のわたしとスノウのように、わたしの両親もなかなか寝かしつけられなくて困り果てた夜があったはずだ。

（お母さんたちはどうやって乗り切っていたのかしら？）

子ども時代にどんな育てられ方をしたのかって、案外に記憶に残っていないものだ。わたしもよくは思い出せないけれど、我が家に秘策があったのは知っている。

エドウィージュ家に伝わる数々の歌だ。

その中には子守歌もあった。母が教えてくれた歌の中でも、一番と言っていいくらい体にしみついているのに、これまで誰にも歌う機会がなかった。

目を閉じて、脳裏に懐かしい歌声を呼び起こす。

ベッドに起き上がって歌う母を思い出しながら、優しい声をなぞっていく。

「――わたしの獣よ、眠れ。あなたが目を閉じている間、星が流れ落ちて日が昇るまで、わたしはここにいる」

子どもに聞かせるだけあって歌詞は単純だ。

決して上手いとは言えない歌だったけれど、ルーちゃんは耳をぴくっと動かして反応した。

両目でわたしを捉えてじーっと観察してくる。

ルーちゃんの青い瞳は火山湖みたいに透き通っていて、見つめられていると自分の本質を見透かされているような気持ちになった。

恐れや卑怯《ひきょう》さは人間なら誰でも持っているとはいえ、白日の下にさらされそうで怖い。

今すぐにでも逃げたい衝動を押しとどめて歌い続けると、ルーちゃんはうとうとし出した。

次第に頭が下がっていき、最後にはその場に伏せて目を閉じた。

(寝てくれた!?)

むずがらずに眠ったので、スノウは信じられないとばかりに目を見開いた。

「歌で眠るんだな」

「我が家の子守歌がきいてよかったわね。起こさないように静かにしていましょう」

小声で相談して、わたしたちも早めに就寝することにした。

ルーちゃんの夜泣きに備えるためだ。

赤ちゃんはたくさん寝なければならないのに、長時間眠るのは苦手でよく夜中に起きる。場合によっては昨晩のようにだっこして、朝方まで部屋を歩き回らなければならない。

子育てを四字熟語で表すなら、体力勝負、睡眠不足、悪戦苦闘。

戦意喪失しそうになっても七転八起の精神でいないと潰れてしまう。

(先は長いわね……)

ルーちゃんの隣に寝転んだら、スノウはわたしに顔を向けて頬杖をついた。

「やっと二人の時間だ」

内緒話でもするように囁《ささや》いた彼の手は、わたしの肩の横に置かれている。

こんなに近くにあるのに触れられないのがもどかしい。

わたしは眉を下げて彼に謝った。

「ごめんなさい、スノウ。わたしのせいで新婚旅行がめちゃくちゃになって……」

「君ではなく、そこの暴れん坊のせいだ。だが、僕の妻に目をつけたことに関しては、お目が高いと褒めてやってもいい」

「ふふっ。なにそれ」

スノウが急にルーちゃんを持ち上げたので、わたしは噴き出してしまった。

いつもだったら、わたしが笑ったタイミングでキスの雨が降ってくる。冷たい手でわたしの頬を撫でて、慈しむように何度も唇で触れて、甘い言葉を囁いてくれる。

今すぐにキスしてほしい。

でも、スノウがわたしに触れようとしたら、きっと――。

（ルーちゃんが起きてしまうわ）

したい。しちゃだめ。

相反する気持ちの間を、小舟でゆらゆら漂う。

熱に浮かされたみたいに目をうるませるわたしを見つめていたスノウは、何か言いたそうに口を開いて、すぐに諦めてしまった。

「もう寝よう。おやすみ、キアラ」

「おやすみなさい……」

スノウは背中を丸めて目を閉じた。

その姿勢はわたしを抱きしめて眠る時のようだけど、間には拳一つ分の距離がある。

これは彼なりの拒絶だ。

仕方ない。炎を吹かれるのは彼の方だもの。

寂しく眠ったわたしは、その晩、彼と触れ合う夢を見た。

ひんやりした手や柔らかな唇の感触がやけにリアルで、涙が出るほど幸福な時間だった。


朝方、わたしはルーちゃんをだっこして、大樹がある裏庭を散歩していた。

「この時間だと少し冷えるわね」

カルベナには常にじわっと汗ばむような熱が漂っている。

しかし、白んだ空に青が溶け込んでいく夜明け前の空気には、水瓶に顔を近づけた時に感じるような清涼感があった。

本館にはまだ人の気配がなく、鳥や虫の声もしない。

そよ風に撫でられた葉がさわさわと音を立てる、清々《すがすが》しい朝だ。

なぜこんな時間に散歩しているかというと、ルーちゃんが早起きだったから。

(寝かす時間が早すぎたんだわ)

服を引っ張られる感触で目覚めたわたしは、スノウを起こさないようにルーちゃんを連れてこっそり部屋を抜け出した。

別館の中はすでに探索していたので、裏庭の方へ下りたのが正解だった。

地面には短い草が生えていて、森との境目には柵があるので、ルーちゃんを下ろして遊ばせても安全だ。

考えていたら森から一人の男性が現れた。

「キアラさんではありませんか。どうされました？」

ふにゃっとした笑顔を浮かべたのはラシードだった。

腕の中のルーちゃんが身じろいだので、わたしは自分に顔が向くように抱え直す。

「早くに目が覚めてしまったんです。ラシード様はどちらに？」

「この奥にある祠《ほこら》に参拝してきました。カルベナには魔法元素を讃《たた》える祠がいくつかあるのですが、ここの祠だけは違います。ティグレ教団の守り神だった魔獣様が眠っているのです」

総代であるラシードは、この寺院に滞在している間は必ず祠にお参りして、ギネーダの平和と発展を祈っているのだそうだ。

「わたしもお参りしてみたいです。ルーちゃんについて情報が得られるかもしれないですし」

「申し訳ありませんが、この森は禁足地なので神官しか入れないんですよ……。ルーちゃんとは？」

「この子の名前です」

答えた途端、糸のように細かったラシードの目が開いた。

虹彩が小さめの瞳は、彼が出てきた森に似た深緑だった。

彼の人柄とは相反する暗い輝きに、気づけば呑《の》み込まれそうになる。

「……こ、この子の額の宝石がルビーに似ているので、それにちなんだ名前にしたんです。昨日は離乳食も食べてくれたんですよ。そうよね、ルーちゃん？」

「がう……」

ルーちゃんがおずおずとお返事したら、ラシードはぱっと笑顔に戻った。

底の知れない瞳が、上下の目蓋に挟まれて見えなくなる。

「素晴らしいですねぇ！　魔獣様が人間の離乳食を口にするとは世紀の大発見ですよ。この奇跡に立ち会わせてくださった神に感謝します」

オーバーな手ぶりで祠の方に手を合わせたラシードは、くるっと一回転した。

「魔獣様をこの短期間で手懐けたキアラさんは聖女のようですね。どうでしょう、ティグレ教団の祭事に参加していただけませんか？」

カルベナ地区寺院では、毎年冬に祝花祭を催す。植物が枯れる季節に花が咲くのは火の魔法元素のおかげだとして、日々の恵みに感謝するのである。

魔獣を模して作った人形を神輿《みこし》に乗せて、魔獣が与えたとされる祝福の花を撒《ま》きながら、湖の周りを一周するのだという。

「これまで、祝福の花を撒くのは聖女役である女性信者の役目でした。しかし、今年は魔獣様とその番であるキアラさんがいらっしゃる。本物の魔獣様が教団にいるということは秘密ですが、祭りに参加して祝福を撒いていただければ信者たちの力となるでしょう」

わたしが魔獣の番にさせられて、別館で暮らしていることは信者には伏せられていた。

けれど、教団内部で働いている人々には伝わっている。守り神への信仰心が強い彼らが、本物の魔獣とその番がいるのに代役を立てる必要はないと思っても不思議ではない。

教団の人たちはみんな親切で、わたしもスノウも助かっている。

せめてもの恩返しに彼らの望みを叶《かな》えてあげたいと思った。

「ルーちゃんに負担がかからないようにしていただけるなら、参加します」

「お任せください。魔獣様が祭りに参加するなんて何百年ぶりのことでしょうねぇ。聖女らしい衣装も準備しましょう。こうしてはいられません。失礼します！」

参加がよほど嬉しかったのか、ラシードはスキップしながら本館へと去っていった。

「がうがう？」

なにあれ。ルーちゃんの呆《あき》れた声が聞こえた気がして、わたしは苦笑する。

「ちょっと変わった人ね。でも、悪い人ではないわ」

伝承に残されていた魔獣が寺院にいるという奇跡的な状況だ。

神官は毎日パーティーが開かれているような気分だろう。

彼らの非日常がルーちゃんにとっては日常なのだと、分かってくれていればいいんだけど。

起きたスノウがやってきたので別館に戻る。

ティグレ教団の祭りに聖女役として参加すると伝えたら、彼は反対した。

「そんなことをしてやる必要はない。ただでさえ、こいつの世話で大変なんだぞ」

「でも、ティグレ教団にはお世話になっているじゃない。わたしが聖女役になって、ルーちゃんと神輿に乗って、それでみんなが喜んでくれるならやりたいの」

お願いと目をうるませる。スノウがわたしに甘いのを分かった上での行動だ。

スノウは、じっとわたしを見つめた後で短く息を吐いた。

「今回だけだ」

「ありがとう！」

スノウの許可を得られたわたしは、足下で遊んでいたルーちゃんに声をかける。

「お祭り楽しみね、ルーちゃん」

何が起きるか分かっていないルーちゃんは、上機嫌で「がう」と答えた。

第三章　神官様は欲しがりにつき

カルベナは晴れ間が多い土地だ。

雨が降っても短時間であがり、その後はからりと晴れるので気持ちがいい。

祝花祭の日は、朝から抜けるような青空が広がっていた。

教団施設から担ぎ出された神輿《みこし》は舟の形をしている。前後に大きな車輪がついていて、そこから伸びる棒を神官たちが押して進むのだ。

沿道には多くの信者たちが並んでいて、神輿に乗ったわたしを驚かせた。

(カルベナ地区にはたくさんの人が暮らしていたのね)

彼らは火山湖を囲む森の中に、小さな集落を形成して暮らしているのだという。

湖の周りにリゾート施設が固まっているのは、住民の生活に配慮してのことだ。

サイファはギネーダの近代化を目標にしているが、それは生活を豊かにするためである。達成するために人々から日常を奪っては本末転倒だと、彼はちゃんと理解していた。

「がーう」

神輿のふちにしがみついていたルーちゃんが鳴いたので、わたしははたと我に返った。

「お花を撒《ま》かないと」

籠に積まれた黄色い花を投げると、信者たちは笑顔で手を伸ばした。

手が届かない子どもは、神輿から顔をのぞかせたルーちゃんに気づいて手を振る。

「ほら、ルーちゃん。みんなご挨拶してくれてるわ」

「がうがう！」

ルーちゃんはしっぽをぶんぶん振ってお返事した。

額に宝石がくっついている以外は子虎なので、誰もルーちゃんが本物の魔獣だとは思っていないみたい。

（わたしのことも含めて、大騒ぎにならなくてよかった）

毎年、神輿に乗る聖女役は信者から選ばれていたので、どう見てもオブシディア人のわたしが乗ると悪目立ちする。

少しでも浮かないようにと用意されたのはギネーダの民族衣装だった。

透ける生地で作られた上衣とラップスカートには、金のベルトや鉱石のビーズがふんだんに使われている。膨らんだ袖は風が通って涼しい。髪飾りには虎があしらわれていた。

ルーちゃんには金の首飾りが巻いてある。装飾品を嫌がらないか心配していたが、つけられる間、祭りに参加するのが分かっているように大人しかった。

（そうでなかったら、祝花祭には参加できなかったわね）

ルーちゃんはわたしと離れるのを極端に嫌がる。離乳食を作る少しの間であれば待っていられるけれど、神輿が湖を一周するまでは耐えられないだろう。スノウにお守りは頼めないので、もしも祭りに出るのを嫌がるようなら、わたしも辞退しようと思っていた。

しかし、ルーちゃんは神輿を見るなり自分から飛び乗り、わたしに船内を案内しようとしてくれた。かつて同じ神輿に乗った記憶があるように。

(ルーちゃんは、守り神の生まれ変わりなのかしら?)

守り神は裏庭の奥にある祠に奉《まつ》られている。

多数の文献が残されているので想像上の動物ではないことは確かだ。

魔獣はかつてティグレ教団に実在していて、人間を番《つがい》にして死に別れるまで寄り添った。

むしろ、正体不明なのは番の方である。

ティグレ神教ではその女性を〝聖女〟として認めているが、彼女の墓は残されていない。

今のところ、どんな風に生きて、どんな風に亡くなったのかさえ不明だ。

(聖女は、番を解消したいと思わなかったのかしら)

それとも、死ぬまで番を解消できなかったのだろうか。

先行きが不安になってスノウの姿を探した。

欄干《らんかん》の隙間から、神輿と共に歩く教団の関係者を見回す。

真横を歩いていたスノウは、やはりというか目立っていた。

サラサラした白銀の髪や整った目鼻立ち、周囲の騒々しさに相容《あいい》れない凛《りん》とした佇《たたず》まいは、神輿を仰ぐ信者たちの目を奪う。

(お花より華やかなのも考えものね)

ふいにスノウの視線がわたしに向いた。

意図せず目が合う。それだけで鼓動が弾むのは惚《ほ》れた弱みかしら。

恋の威力にたじたじしていると、スノウは唇を動きで『ルーは大丈夫か?』と聞いてきた。

ルーちゃんは舟のへりに、洗濯ばさみで干されたぬいぐるみみたいにぶら下がっていた。

短い足を必死にバタバタさせていて、可愛《かわい》らしさ五倍増しだ。

いきなり番にされた上、付きっきりで世話をしなくてはならない困った相手なのに。

(なんて可愛いの〜〜!)

わたしは愛嬌《あいきょう》という魔力によってデレデレになった。

スノウにこくこくと頷《うなず》いて、手早くルーちゃんを捕まえる。

これだけ手をかけているんだもの。一番可愛がる権利はわたしにあるはず。

「ルーちゃん、楽しいわね」

頬を擦りつけると、ルーちゃんは「きゅう」と嬉《うれ》しそうに喉を鳴らした。

神輿の横を歩いていたスノウは、小さく嘆息した。

同行する神官たちの視線が突き刺さるのは、自分がオブシディア人だからだろうか。

キアラに祭事への参加を申し入れてきたのはラシードだ。彼は魔獣様と崇《あが》めるルーに好意的で、番となったキアラをも神聖視している。

しかしスノウは、他の教団幹部からは歓迎されていない雰囲気を感じていた。

唐突に教団を訪ねてきた外国人が、寺院の別館を占有して、生活の支援も受けている現状。

しかも、祝花祭ではギネーダの民族衣装を身につけて、聖女役をしている。

当然、面白くない者もいるだろう。

今は人目があるからいいが、祭事が終わって日常に戻ったら嫌がらせの一つでもされるかもしれない。

「……ルーが見えなくなったな」

小舟の形をした神輿は、ルーの体長よりへりの方が高い。

爪を引っかけてぶら下がり、周囲を見回していたようだがついに力尽きたか。

観衆に炎を吹いた場合を危惧《きぐ》して同伴しているが、心配はいらなかったようだ。

(他の人間は平気なのに、どうして僕ばかりシャツを焦がされるのか)

あまりに焦がされすぎて、ルーが炎を吹くタイミングが掴《つか》めてきた。

まず、単純に機嫌が悪い時だ。

ルーの近くにいるのは、基本的にキアラとスノウの二人しかいない。番に八つ当たりするわけにはいかず、消去法でスノウが炎の餌食になる。

次に、スノウがキアラに触れようとした時だ。

この場合、ルーは烈火のごとく怒る。シャツを焦がすような一瞬ではなく、スノウがキアラを諦めるまで火炎を吹きかけてくる。

氷や吹雪を起こして身を守らなければ重度の火傷《やけど》をしているところだ。

そんな生活を十日も続けていればスノウだって気づく。

魔獣にとっての番という存在は、ただの世話人ではない。

もっと深い意味を持つ〝運命の相手〟なのだと。

（人間でいうところの結婚相手が番ならば、あの怒りようにも説明がつく）

愛する妻が他の男に不用意に触れられたら、スノウだって腸《はらわた》が煮えくり返る。吹雪を浴びせて凍らせ、永久凍土に穴を掘って埋めてやりたいぐらいには相手を憎らしく思う。

いまだにキアラを諦めていないサイファは、はっきり言って嫌いだ。

キアラは気づいていないが、スノウは彼女に不埒な男が近づかないよう警戒していた。

夫婦で参加するパーティーでは、彼女が着用するドレスに魔法をかけて、離れていてもどこにいるか分かるようにしている。

スノウが出勤している間の訪問者にはノートンやアンナが張り付いて、決してキアラと二人きりにさせないように気をつけている。

それでもキアラを狙う男には、自分がいかに彼女に愛されているかを見せつけて、二度と変な気を持たないように心を折る。

我ながら性格が悪い。しかし止める気は微塵《みじん》もなかった。

そんな人間だから、スノウには番の証《あかし》をあえて首筋に刻んだルーの気持ちが分かるのだ。

魔獣に性別があるのかは不明だが、あるとしたらルーは確実に男性だ。でなければ、わざわざあんな挑発的な位置に自分の印を残さない。

スノウはキアラの首にある呪紋《じゅもん》を見るたびに業腹である。

燃え上がった嫉妬の炎に、内側から焦がされて灰になってしまいそうだ。

これも魔獣の策略か。

スノウは頭を冷やそうと視線を落とした。

キアラをエスコートするのに慣れた手が、やる方なく揺れている。

近くにいるのに手も握れないのが、これほどまでに辛《つら》いと思わなかった。両想《りょうおも》いになる前だったら抑えもきいたが、彼女の愛を知ってしまった身に今の状況は拷問だ。

もっともキアラは、ルーの可愛らしさにぞっこんで少しも寂しくなさそうだが。

「君の夫は僕なんだぞ……」

弱音を吐いていると、脇の茂みから伸びてきた手に引き込まれた。

「うわっ」

「大きな声を出さないでください」

とっさに杖《つえ》を握ったスノウは、聞き覚えのある声に首をそらした。

低木の陰にしゃがんで自分を抱えていたのは、薄布で顔を隠したサイファだった。

彼の視線の先には、スノウの周囲を歩いていた神官たちがいたが、沿道の方に気を取られていなくなったことに気づいていないようだ。

「貴様、なぜここにいる」

「ティグレ教団の祭りが開かれると聞いて視察に来たのです。見てください、この変装。完璧でしょう?」

いつもの民族衣装とは違い、サイファの服にはいっさい模様がない。

手や首、顔に入れた入れ墨は、肌色の絵の具を叩《たた》きつけて見えづらくしていた。

「私は顔を知られていますので、騒ぎにならないよう念には念を入れました」

起き上がったスノウは、自信過剰なサイファにうろんな目を向ける。

「有名人気取りか……。今日の祭事は公開されているものだ。お前が堂々とやってきて観覧席を作れと命じれば、教団は喜んで用意するだろう」

「そうですね。座ったら下から槍《やり》が飛び出てくるような素敵な席を準備してくれるでしょう」

「どういうことだ?」

険のある声で問い返すと、サイファは道の方に視線をやってせせら笑った。

「ティグレ教団が清らかで美しい宗教団体だとでも思いましたか。見たでしょう、見事な神輿ときらびやかな神官たちの衣装を。あれらは信者に喜捨させた金でまかなっているのです。金を納めれば納めただけ守り神の加護が受けられると説いてね」

祭りの豪華さにはスノウも違和感を抱いていた。

周囲を歩く神官たちは、宝石のビーズをたんと縫い付けた絹の衣装に身を包み、手首には金の腕輪を何重にも巻いてそれぞれの見目を競っている。

カルベナ地区が貧しいことは、沿道に集まった人々のすり切れた服を見れば分かる。彼らが富はなくとも助け合いながら生きている中で、教団の関係者だけが異質だ。

悪事は全て知っているという顔で、サイファは土の上に足を投げ出した。

行列になって下草の間を進んでいた蟻《あり》が、行く当てを失って散らばる。

「ティグレ神教はギネーダ全土でもっとも崇敬を集めている土着宗教です。ギネーダを守るという口実で、他国の文化の流入を拒んでいた保守派の最大勢力でもあります。神官は世襲が決まりのため、身内ばかりでやりたい放題になっているんです。私の調べでは、私腹を肥やすために信者から不当に金を巻き上げるだけではなく、強盗を焚《た》きつけているという噂《うわさ》もありますね」

「それで偵察か」

ティグレ教団の黒い噂を確かめるためには、秘密裏に証拠を集める必要がある。

サイファが単独で動いているのは、他の術者では太刀打ちできない相手だからだろう。

厄介な相手の世話になってしまった。

もしも、キアラがサイファと親しいことを教団に知られてしまったら。

(何をされるか分からない)

信者に強盗を焚きつけている噂が本当なら、ティグレ教団にストッパーはいない。悪事に抵抗がない人間を集めていけば、果てしなく残酷な集団のできあがりだ。

保守派にとって、オブシディア人のスノウとキアラの命など塵《ちり》も同じ。

今は魔獣の番というやむにやまれぬ理由があるから保護しているが、教団に不利益をもたらすと分かれば即行で処分される。

散り散りになった蟻は、サイファの足を迂回《うかい》してまた行列を作った。

そこに彼らの意思はない。餌を巣へ持ち帰ることだけを頭に植え付けられている。

信仰も同じ。

思想に基づいて動く者に、利用されているかどうか考える頭はない。

「……証拠は見つかったのか？」

「いいえ。もう撤退しようと思って貴方《あなた》たちが泊まるホテルに挨拶に行ったら、教団の施設に移動したと言われて肝が冷えましたよ。神輿にキアラさんが乗せられていましたね。強い魔力を感じましたが何があったんですか？」

「魔獣の番にされたんだ」

カルベナに着いてから今までのことを話す。

祠の前で炎の呪紋を焼きつけられ、施設に間借りして魔獣を育てながら、番を解消してもらう機会を探している。

一連の話に耳を傾けていたサイファは、詰めていた息をほうと吐いた。

「そんなことが起きていたとは……。守り神と同じ姿をした魔獣の番だから、キアラさんはティグレ教団で丁重に扱われているのですね。番というのはよく分かりませんが」

「総代のラシードも詳しくは知らないらしい。僕は、人間でいう夫婦のようなものではないかと睨《にら》んでいる。キアラが番であるうちは、僕たちの身の安全は守られるはずだ」

「油断してはなりませんよ、大魔法使い」

サイファの声色が堅い。

スノウをおちょくっているわけではなく、本気で心配しているのだ。

「私がそばにいられればいいのですが……。あの施設は監視が多くて近づけません」

「別館には僕らの他に誰もいないぞ。裏の森を通れば難なく入れる」

「人がいなくても監視する方法はあるんですよ」

サイファは落ちていた小枝を握り、見開かれた目のような模様を足下に描いた。

「これは遠視の呪紋です。見たい場所に記しておくと、離れたところでもその場が見通せる。別館に戻ったら探してごらんなさい」

スノウはサイファと別れて神輿の集団に合流した。

相変わらず神官の目は不快だったが、先ほどの話が頭をよぎって気にする余裕はなかった。

施設に戻ってからそれとなく探すと、別館の外壁や廊下の天井付近に遠視の呪紋があった。ひときわ多かったのが裏庭に面した壁で、横一列に彫刻のように刻まれていた。

どれも高い位置にあるのでキアラは気づいていないが、尋常ならざる数だ。

ティグレ教団への不信感を募らせたが、ただでさえルーの世話に追われる彼女に心配をかけたくない。

スノウは口を閉ざすことを選んだのだった。

◇　◇　◇

祝花祭の後、わたしはルーちゃんを浴場へ連れていった。

暑い中、二時間近くも神輿の上で陽光にさらされていたので、全身に汗をかいている。

首飾りや金のベルトを外すと、それだけですっきりした。

もふもふの毛並みに覆われたルーちゃんは、火の魔法元素から生まれているので熱には強いみたい。けれど、祭りの終盤でお神酒《みき》をかけられていたので、ぷーんとお酒臭かった。

「ルーちゃん、体を綺麗《きれい》にしましょうね」

腕まくりをしたわたしは、ルーちゃんの装飾品を全て外して洗い場に連れていく。

せっけんを生クリームのように泡立てて、体をごしごしこする。ふわふわの毛は濡《ぬ》れてもきしまずに柔らかい不思議な手触りだ。頭は優しく撫《な》で洗いする。

目に入ると痛いかもしれないので、額の宝石と顔にはあまり触れないようにした。

泡が気持ちいいらしく、ルーちゃんは歌うように鳴く。

「がーぅー」

「気持ちいいわね」

浴槽から汲《く》んだお湯でルーちゃんの体を流す。

シャワーはついていないけれど、この辺りで湧き出る温泉が引かれているのでお湯はたっぷり使えた。

頭は絞ったタオルで拭くだけだ。

体を流したら、ルーちゃんを抱きかかえて一度に十人は入れそうな広い浴槽に入れる。

「ぷー」

息を漏らすルーちゃんに、わたしはふふっと笑ってしまった。

「あったかいお湯っていいわよね」

わたしも後で入ろうと考えていると、ルーちゃんが短い足をバタバタ動かした。

泳ぎたいのかしら。

試しに手を離してみたら、ルーちゃんはすいっと前に進んでいく。

泳ぎ上手だ。これなら一人で遊ばせても大丈夫そうと油断した矢先、しっぽを動かした拍子にお尻が上がって、ルーちゃんの顔がぽちゃんと沈んでしまった。

「ルーちゃん！」

慌てて引っ張り上げる。溺れてびっくりしたルーちゃんは火がついたように泣き出した。

「ぴえええええ！」

浴場が揺れるような大声だ。耳がキーンと詰まって痛い。

でも今は、耳を守るよりルーちゃんを落ち着かせる方が先。

「大丈夫。もう怖くないわよ」

洗い場で膝立ちになってだっこする。

左右にゆすって慰めていると額の宝石がきらめいた。

（なに？）

宝石から壁に赤い光が照射される。

スポットライトのように丸く照らされた壁に浮かび上がったのは、わたしがよく知るダイヤ型の紋章だった。

「これ、ルクウォーツの印だわ……」

「どうした？」

泣き声を聞きつけたスノウが浴場に駆け込んできた。

「ルーちゃんが溺れたの。急いで引き上げたら宝石が光って、壁にルクウォーツの紋章を映し出したわ」

紋章を見たスノウは、ピンと来ていない表情だ。

「ルクウォーツというと、キアラのミドルネームだな」

「ええ。ルクウォーツはエドウィージュ家の先祖で、家に女の子が生まれると同じ名前をつける習わしなの」

母子と続けて女性だと同じ名前になってしまうため、いつしか『ルクウォーツ』はファーストネームではなくなった。

ちなみに、男の子にはそういった慣習はない。

「ルクウォーツの名前と一緒に伝わっている紋章があるのよ。それがこれ」

厄払いの意味があるので、女の子が生まれたら産着にこの紋を刺繍《ししゅう》する。

我が子が無事に大きくなってくれるように願いながら、一針一針刺していくのだ。

わたしの産着にも母が刺繍してくれた。

その話を聞いて、スノウはぽつりと呟《つぶや》いた。

「まるで呪紋のようだな」

「言われてみればそうね」

今まで考えもしなかったけれど、服に模様を入れて着用者を守るおまじない方法は、呪紋と同じだ。

サイファがその最たる例だろう。彼の服は呪紋で埋め尽くされている。

「でも、こんな呪紋は存在しないわ。わたしが勉強した中にも、サイファ様が教えてくれた図案にもね」

「現代まで残らなかったか、もしくは使える人間が限られていたか……。恐らく後者だろう」

スノウは洗い場に膝をついて、近くに置いていたタオルでルーちゃんの顔を拭いた。

ルーちゃんは少し落ち着いて、泣き方はべしょべしょしたものへ変わり、宝石の輝きも小さくなっている。

照射する光が薄れていき、紋章も見えなくなった。

「君の先祖であるルクウォーツという女性は、魔獣と関わりがあったんじゃないのか。ティグレ神教で聖女扱いされている、魔獣の番だったのでは？」

「その番は、魔獣と一生を共にしてギネーダで亡くなっているはずよ。ルクウォーツは宝石職人の夫とオブシディアにやってきているの。別人だわ」

「では、なぜギネーダに残されていない呪紋がエドウィージュ家に伝わっていて、それをルーが知っているんだ？」

「わたしに聞かれても分からないわ。ルーちゃんはしゃべれないし……」

ぐすぐす鼻をすするルーちゃんを抱いて立ち上がる。

「今は考えるより、ルーちゃんの相手をしてあげていい？」

子どもの頃の嫌な記憶はしぶとく残るものだ。

溺れてしまったルーちゃんは、入浴に対して苦手意識を育んでいる真っ最中だろう。

怖い経験は、すぐに信頼できる誰かに受け止めてもらわなければ、その時の気持ちを抱え続けることになる。

「ルーちゃん、大丈夫よ。もしも溺れちゃっても、わたしがすぐに助けてあげるから……」

怖くない、怖くない。

ぴくぴく動く耳元で囁《ささや》いて、背を撫で続ける。

ルーちゃんは、頑《かたく》なな様子でわたしにしがみついていたが、じょじょに力が緩んでいった。

リラックスした雰囲気で頬ずりする様子を見て、スノウはほっと呟いた。

「キアラの言葉は魔法のようだ」


湯あみを終えたわたしは、部屋に戻ってリラックスしていた。

ルーちゃんは、転がるおもちゃには目もくれずにブランケットの上でごろごろしている。

「疲れちゃったわね……」

わたしも横になり、白いお腹《なか》に手を添えて、ぽんぽんぽんと一定のリズムを刻む。

そのおかげもあってか、ルーちゃんの瞳がとろんと溶けてきた。

長いまつ毛の動きがゆっくりに、瞬《まばた》きの回数も多くなって、夢の世界まであと五歩くらい。

(初めてのお昼寝をしてくれそうだわ)

祝花祭の間、神輿のへりにしがみついているのも大変だっただろう。

ルーちゃんは人前に出た経験もないのに、怯《おび》えることなく愛嬌を振りまいていた。

以前、同じように練り歩いていたようだった。

ティグレ教団が起こるきっかけになった魔獣も、今日みたいに神輿に乗せられてカルベナを回ったのだろうか。

それなら、ルーちゃんは本当に守り神の生まれ変わりかもしれない。

「ねえ、ルーちゃん。ルクウォーツって知ってる？」

「ふわう」

あくびが返ってきた。もうお眠。話しかけない方が良さそうだ。

黙ってぽんぽんし続けると、ルーちゃんは一人で夢の世界に旅立った。

「……寝入ったか」

わたしと入れ替わりで入浴したスノウが戻ってきた。

いつもは雪原のように真っ白な頬がほんのり赤く染まっている。そのせいか、寝床の端に腰を下ろしてタオルで髪を拭いているだけで、得も言われぬ色香が漂っていた。

(これだから美形はずるいわ)

ドギマギするわたしは、スノウがのぼせる理由を知っている。

お風呂が熱めだからだ。彼に言わせると、温泉の温度はセレスティアル公爵邸で蛇口をひねると出てくるお湯より高く、とてもではないが長湯できないのだそうだ。

わたしの体感とだいぶ違うのは、炎の呪紋が体に刻まれているからだろう。

一つの呪紋でこれだけ変わるのだから、肌が見えないほどさまざまな種類を刻みつけたサイファは、どれだけの違和感に耐えているのだろう。

ふっと目の前が陰って、頬に雫がぽたりと落ちてきた。

見上げれば、覆いかぶさるようにしてスノウがわたしの顔をのぞいていた。

息がかかるほどの至近距離に、うっかり心臓が止まりそうになる。

「な、に?」

「疲れた顔をしている。聖女の大役は大変だったな」

「スノウも、お神輿に付き添って疲れたでしょう」

「歩くのは別に。ただ……」

もの憂げに言葉を切ったスノウは、首を動かさずに瞳だけ廊下の方に向けた。

でも、そちらには誰もいない。

（スノウは何を気にしているのかしら？）

尋ねる間もなく視線を戻した彼は、心配させまいというように曖昧に微笑《ほほえ》んだ。

「僕はあれくらいなんでもない。君とルーの衣装を準備したラシード神官に礼を伝えなければならないな。……とても綺麗だった」

甘いため息がわたしの頬を撫でる。

こんなに近くにスノウがいるのはいつぶりかしら。

ちょっと手を伸ばせば届く距離に、胸がうずく。

今すぐ彼を抱き寄せたい。

でも、だめ。スノウがわたしに触るとルーちゃんが怒るもの。

自分を叱って身を引こうとしたのに、スノウはさらに迫ってきた。

「スノウ、ルーちゃんが怒るわ……」

「もう寝ている。それに」

柳眉がしおらしく下がり、わたしの頭の横についた手がきゅっと握られる。

その小さな動きで、彼がもう耐えられないのだと分かった。

「僕だって、妻を取られて怒ってるんだ……」

耳たぶを撫でるか細い声は、わたしの我慢も突き崩した。

氷の貴公子と呼ばれるくらいクールな美青年が、しょんぼりして甘えてくるとなったら、そりゃあ破壊力は爆群だ。

平静を保てなくなったわたしはヘロヘロで答える。

「キ、キスだけなら……」

「そうする」

真っ赤にのぼせるわたしに、スノウはふっと目を細める。

窓から入った陽光を反射してまつ毛が光る。夏の夜の、煌々《こうこう》と光る満月のように青みを帯びた白い艶めきは、わたしの目をくらませてするっと心に入ってくる。

近づく気配に、ルーちゃんの前では抑えていた好きの気持ちが弾《はじ》けそうだ。

（キスなんて久しぶりだわ）

照れくさくて嬉しいのは、わたしもこの瞬間をずっと待ち望んでいたから。

甘ったるい雰囲気に身をゆだねて、眠りに落ちるように目蓋を下ろして。

ついに唇が重なろうとした、その瞬間。

真横で寝ていたルーちゃんが飛び起きた。

「えっ」

驚くわたしとスノウを真正面に見すえて、ルーちゃんはくわっと口を開ける。

「がおおおおっ！」

部屋にこだまする咆哮《ほうこう》と、目の前が真っ赤に染まるほどの火炎放射。

迫る炎を間一髪でよけたスノウは、床をゴロゴロと転がって跳ね起きた。

「ルー、いい加減にしろ！」

頭にきた様子でスノウが叫ぶ。

それを合図に、ルーちゃんの上に大量の雪が雪崩みたいに降り注いだ。

「きゃあああぁ！」

ルーちゃんの近くにいたわたしも巻き込まれ、あっという間に視界はホワイトアウト。

積雪量五十センチはある雪の中に体が埋まると、さすがのルーちゃんも攻撃をやめた。

(さささ、寒い)

氷漬けになっていた頃を思い出す冷たさだ。

わたしは雪の上に、にょきっと首を出して体を震わせた。

立ち上がって腰に手を当てたスノウは杖を持っていない。指も鳴らさずに、どうやって雪を出したのかと上を見れば、天井に雪を呼ぶ魔方陣が刻まれていた。

(いつの間に!?)

魔方陣は物理的に刻みつけないと短時間で消えてしまう。

スノウは攻撃を見越して、わたしたちが入浴している間に仕掛けていたのだろう。

「がうがうが！」

ルーちゃんは、罵倒だと思われる言葉を叫びながら雪の上に飛び乗った。

全身に雪がまとわりついた新手《あらて》の雪だるまみたいな姿に、スノウはやれやれと呆《あき》れる。

「卑怯《ひきょう》者だなどと言われる覚えはない。僕は炎を吹くしか芸のないお前とは違うんだ。どうせ吹かれるのが分かっているなら、先手を打って魔法を仕込むまでだ」

スノウがぱちんと指を鳴らすと、山と積もっていた雪は一瞬で水蒸気に変わった。

たゆたう白い霞《かすみ》の向こうに立つスノウは、山のように厳かに見えた。

「お前と僕、どちらがキアラに相応《ふさわ》しいか、とくと思い知らせてやる」

「ぐるるるる」

対するルーちゃんは、わたしを背にして一歩も引かない。

一人と一匹、互いに譲らない男たちの視線がぶつかり、バチバチと激しく火花を散らす。

(仲良くするのはそんなに難しいことなの？)

わたしは頭を抱えて、お昼寝は無理そうだと悟ったのだった。

第四章　魔法使いの葛藤

目の前が霞《かす》むほど強烈な吹雪。

おもちゃやブランケットの上に降り積もる白。

閉ざされた部屋の中央には、濃紺のローブを羽織ったスノウが立っていて、正面で炎を吹き上げるルーを威圧していた。

「そろそろ諦めたらどうだ」

「がるるるる」

頭にこんもり雪を積もらせたルーは、牙をむき出しにしてうなった。

まるで長年追い求めてきた仇《かたき》のような態度だが、スノウに魔獣との因縁《いんねん》はない。

ルーはまだ赤ちゃんだ。おいたやむずかりは当然ある。

理不尽に怒りをぶつけられても多少は大目に見てやろう……と広い心で思っていたのだが、
さすがに連日となるとスノウの方もストレスフルである。

「貴様より僕の方がキアラには相応《ふさわ》しい。それをここで証明してやる」

杖《つえ》をかざして気を込める。

先端に魔力がほとばしり、青白い光となって発露した。

ルーは大きく口を開けて喉に力を込め、ひときわ大きな火炎をスノウに浴びせようと――。

「その勝負、待った！」

壁際に下がっていたキアラが叫んだので、二人ははっとした。

ラシードに借りたコートに包まれて着ぶくれした彼女は、手にした時計を指し示す。

「二人とも、いつまで喧嘩《けんか》しているつもりなの？」

時刻は十一時を回っていた。

攻防は九時前から続いているので、かれこれ二時間も対峙《たいじ》していたことになる。

「お片づけしないと、昼食を運んできた神官様がびっくりしちゃうわ。いい加減にして」

防寒具を着ていても凍えそうなのか、キアラは両腕で体を抱きしめている。

部屋はいつの間にか雪山のようになっていた。ルーの炎が局所的であるのに対し、スノウの吹雪は広範囲だ。対象がちょこまか動くとはいえやりすぎた感は否めない。

だがしかし。スノウは眉間に皺を寄せてルーをビシッと指さした。

「喧嘩になったのはルーのせいだ」

「がうあうあああう！」

ルーは、ちんまりした体にそぐわない百獣の王のような表情で吠《ほ》えた。

スノウに魔獣の言葉は理解できないはずなのに、「お前が番《つがい》に手を出したからだ！」と主張しているのは分かる。

キアラを番にされて以降、ずっと腹が立っているのはこの態度のせいだ。

「僕が自分の妻に触れて何が悪い？」

開き直って、スノウは二時間前を思い出した。


朝食を終えた後、キアラはルーを抱えて幼児向けの絵本を読み聞かせていた。

コミュニケーションを円滑にするため、人の言語を覚えさせようという作戦だ。

言葉が通じるようになれば番を解消してほしいと交渉できる。

ラシードが用意した絵本は、主人公のうさぎが好物のにんじんを探す旅に出る話で、その道中でリンゴやほうれん草、とうもろこしが出てくる。

単純なギネーダ語なのでキアラでも読めるが、詰まった時のためにスノウは片膝を立てて座り、その様子を観察していた。

「うさぎさんは、にんじんを探しに、おひさまの国に行きました。おひさまの国では、木がいっぱい生えていて、たくさんの実がなっています。うさぎさんは、木に聞きました」

「がうー……」

うさぎが木を見上げる絵を、ルーはくりくりした目で見つめた。

キアラの読み聞かせは、普段の会話では考えられないくらいゆったりしている。

これが、近所の子どもの世話をして身につけたという彼女なりの寄り添い方なのだろう。

どこまでも優しく、温かなキアラの声に耳を傾けていると、スノウのささくれ立った心は鎮まっていった。

祠《ほこら》の前で炎に包まれたキアラに手が届かなかったあの時、体の奥深くに感じていた彼女との繫《つな》がりが絶たれた気がした。

キアラと心から愛し合えてからというもの、離れていても常に手を繫いでいるような安らぎがスノウを満たしてくれていた。それが唐突に消えてしまったのだ。

なくなって初めてスノウは理解した。

あの繫がりは、砂の城のように儚《はかな》く、不安定なものだったと。

そして、一度知ってしまったらもう一人きりには戻れない、尊くも青い足枷《あしかせ》でもあった。

実際、キアラはルーにかかりきりだ。ルーが威嚇するので指先すら触れ合えない。

スノウはさながら、透明人間になったような生活を強いられた。

(よりどころなく生きるのは寂しいんだな)

人知れず腐りそうになっていたのに、キアラの愛に満ちた読み聞かせを聞いたら、あんなにつのっていた感傷が解けた。

視界がクリアになって見えたのは、自分の内側に満ちる彼女の優しさだった。

繫がりが絶たれていても、これまで与えられた愛は消えない。

この愛を覚えてさえいれば、ふとした瞬間に、何度でも繰り返しキアラを感じ取れる。

もしも子どもが生まれたら、キアラは同じように絵本を読み聞かせるのだろう。

我が子を胸に寄りかからせて、物語を楽しめるように労《いた》わりながら、じっくり時間をかけて愛を与えていく。

それは、きっとこの世で一番尊い光景だ。

(見てみたい。いつか)

胸に湧き上がる愛《いと》しさに、スノウの表情は自然とほころんだ。

「うさぎさんは木に聞いてみました。これはにんじん？　木は答えます。これはリンゴだよ。ほうら」

かけ声に合わせて開かれたページには、大きくて真っ赤なリンゴがあった。

「ううご！」

叫んだルーは、本物のリンゴに噛《か》みつくようにぱくっと紙に食いついた。

「わあ！　ルーちゃん、これは食べちゃだめ！」

借り物を汚してはいけないと、キアラは絵本を取り上げようとした。引っ張ったら引っ張られた分だけルーが噛む力を強めるので、絵本はみしみし歪《ゆが》んでいく。

さすがに見ていられず、スノウも本を掴《つか》んだ。

「ルー、言うことを聞け」

「があああるううう！」

瞳をカッと見開いたルーは、今までにないような剣幕で火炎を吹いた。

「くっ」

鍾乳石《しょうにゅうせき》のように生えてきた氷の壁で防ぐが、炎の勢いが強くてあっという間に溶けた。

絵本は焼け落ちて、ラグにまで引火しそうになる。

「ルーちゃん、やめて！」

キアラが抱きついても炎を止めないので、スノウは杖を上に向けた。

たちまちゴウッと強風が吹いて、雪をまき散らしながら炎を吸収する。

「貴様と僕、どちらが強いか勝負だ」

ルーは受けて立つと言わんばかりに仁王立ちになった。

それから二時間も二人の力勝負は続き、ついにキアラの堪忍袋の緒が切れたというわけだ。


叱られたルーがしゅんと口を閉じたので、スノウも反省して雪を消し去った。

平穏を取り戻した室内に、特大のため息を響かせたのはキアラだ。

「いつまで続くのかと思ったわ」

長時間にわたって喧嘩を仲裁しようとしていたので疲労困憊《こんぱい》のようだ。

ルーは彼女に近づこうと前足を上げたが、炭になった絵本を見て思いとどまった。

「くぅうん……」

物悲しい鳴き声には、自分が悪かったという反省の色がある。

(キアラが怒ったからか)

魔獣といえど、番の様子に一喜一憂するだけの思考力はあるらしい。そうでなければ、自分の機嫌を取ってくれないキアラに腹を立てているはずだ。

ルーの大きさは出会った時のままだ。体長は変わらず、コミュニケーションも取れない。

しかし、目に見えないところでは確実に成長していた。

キアラと喜びを分かち合いたいが、ぐったりしていてそれどころではなさそうだ。

昨晩のルーは、眠る時間になっても廊下を走り回っていた。寝床に連れていくのに時間がかかり、寝かしつけるのが遅くなったせいで寝不足だ。

キアラの子守歌は、穏やかな環境で歌ってこそ効果がある。

もう少しするとルーの昼食を準備しなければならない。それが終わったら、夕方まで遊びに付き合い、夕食を与えて入浴させ、寝かす。

全てキアラのワンオペだ。スノウが手を出すとルーが怒るので手伝えないのである。

しかし今は、ルーもキアラが遊べる状態ではないと察しているはず。

(やってみるか)

スノウは、部屋の隅に置かれていたおもちゃ箱に杖を向けた。

杖の先から流れ出た光の粒子が箱を一周すると、ボールがふわっと宙に浮かび上がった。

急に動き出したボールに、ルーは耳をぴくっと動かした。

「いくぞ」

スノウの杖の動きに合わせて、ボールは放射線状に飛んでいった。

大喜びでそれを追いかけたルーは、壁に跳ね返ったボールを体当たりで止めて、スノウの方に蹴りながら走ってくる。

「がうがーう」

もう一回やって、というところか。

今度は足で蹴る。ルーはちんまりした体で追いつくと、嬉《うれ》しそうに「きゃうん」と鳴いた。

(楽しめるなら、遊び相手は僕でもいいわけだ)

新たな発見は、一つの仮説をスノウにもたらした。

ルーは番の夫であるスノウを嫌ってはいない。

人間の婚姻制度における夫という存在を正しく理解していない。

排斥しようとするのは赤子ゆえだ。

赤子にとっては世話人が世界の全て。その人間に見捨てられたら生きていけない。まだ言葉も分からない頃からそれだけは本能で理解していて、常に相手の愛を求めている。

キアラに触れたら激しく怒るのは、彼女を奪われると感じてのこと。

（赤子なら火がついたように泣くが、ルーは火を吹く。それだけだ）

難解なパズルをクリアしたように胸がすいた。あんなに悩んでいたのが嘘《うそ》のようだ。

ルーがボールを押して戻ってきたので、また向こうに蹴ってやる。

順調に遊び続ける二人に、キアラは何度も瞬《まばた》きした。

「ルーちゃん、スノウとも遊べたのね」

「そのようだ。これからは僕もキアラと同じだけ育児をする」

ルーの世話をしていいのなら、スノウはやりたいことがあった。

◇　◇　◇

その日の午後は軽食を詰めたバスケットと敷物を用意してもらった。

ボールを小脇に抱え、ルーちゃんを抱いたわたしを伴って脇門から外に出る。

その先には、寺院と隣接するように作られた広場があった。

天然の木々がほどよい日陰を作っていて、足下は天然の芝なので肉球にも優しい。

「門を出たところに、こんな場所があるなんて知らなかったわ」

「この辺りでいいか」

スノウは、広場の中ほどにあった椎《しい》の木の下で、蔦《つた》模様の敷物を広げた。

これはギネーダ原産だ。高地で採れた羊毛を藍やマリーゴールドなどの天然染料で染めて、何週間もかけて織り上げた風合いがいい。

カルベナ地区では織物が盛んに作られていて、村の貴重な収入源なのだとか。

併合のインパクトもあって、オブシディアではギネーダの品が人気だ。貴族だけでなく平民もお手頃なストールやコースターを買い求めているので、店で見かける機会は多かった。

わたしはルーちゃんと一緒に敷物に座った。

「のどかだわ」

少し傾斜がついているので広場と湖が見渡せる。

砂金をばらまいたように輝く湖面を見つめていると心が洗われていく。

昨晩はほとんど寝られなかった。さらに、午前中には二時間も喧嘩に立ち会っていたので、自分で思っている以上に疲れていたのかもしれない。

「これを」

スノウは、水筒の飲み物をカップに注いでくれた。

冷やされた麦茶にはベルガモットの香りがついている。喉に流し込むと火照った体がすっきり軽くなった気がした。

「僕が遊んでやるからキアラは休んでいろ。いくぞルー」

スノウは、白いお腹《なか》を見せていたルーちゃんを連れて敷物を出ると、ボールを強く蹴った。

空高く舞い上がったボールは、太陽と重なって黒い点になったかと思うと、まっすぐに落ちてきて地面でバウンドした。

「がう！」

ルーちゃんは、野うさぎみたいに跳ねながらボールを追いかけた。

スノウは魔法でボールを操る。

捕まえる間際で横に滑らせ、ルーちゃんの体を飛び越え、はたまた円を描くようにくるくる回転させる。

それに全力でついていくルーちゃんは、わたしが見たこともないくらい伸び伸びしている。

（お部屋の中では我慢していたのね）

これまでは遊ぶ相手がわたしだけだったので、運動よりも手遊びや読み聞かせが中心で、元気を思いきり発散できなかったのだ。

「ははっ」

スノウの笑い声に顔を上げると、ルーちゃんがボールにフェイントをかけて捕まえたところだった。

きゃっきゃと喜ぶルーちゃんを、スノウは杖をベルトに挟んで抱き上げた。

「さすがの僕も動きについていけなかった。やるじゃないか、ルー」

「がーう」

誇らしげなルーちゃんの頭を、スノウはわしゃわしゃと撫《な》でた。

その様子は飼い主のようであり、父親のようでもあってすごく新鮮だ。

（ルーちゃんが少しも嫌がっていないわ）

午前中の嵐のような喧嘩から、どうしてこの関係に変化したのかは謎。

でも、男の子ってそういう不可解なところがあるのよね。

敵なのに心の中では共感しているとか。

認めている相手だからこそ厳しい態度を取ってしまうとか。

そこにちょっとしたきっかけが加わると、絆《きずな》になるのだから不思議。

ルーちゃんを心ゆくまで撫でくり回したスノウは、抱いたまま敷物へ連れてきてくれた。

「水分を取らせよう」

水筒に入れてきた水をお皿に注ぐ。走り回って喉が渇いていたらしく、ルーちゃんは一気に飲み干して、スノウのローブをくわえて引っ張った。

「またか」

木の実の入った焼き菓子を食べていたスノウは、嫌な顔一つせずに魔法を使った。

局地的に雪を降らせて動く雪だるまを生成する。

ルーちゃんは、雪だるまがドシンと踏み出すと「ぴゃっ」と鳴いた。

スノウはそれを見て噴き出した。

「もう少し遊んでくる。キアラはゆっくり体を休めていてくれ」

「うん……。ありがとう」

お礼を伝えるわたしに、スノウは小さく首を振った。

「礼はいらない。僕がやりたくてやってるんだ」

ルーちゃんの面倒を見る大変さをそばで見ていたスノウ。

彼が手を出すと怒られるため、長らく何もできないでいた。

妻を番にされて、しかも魔獣との関係に介在できない状況は歯がゆかったはずだ。

それを乗り越えて協力してくれる彼の優しさに、わたしは改めて惚《ほ》れ直した。

「やりたくてもよ。本当にありがとう」

もう一度、心を込めて伝える。

スノウは嬉しそうに口角を上げて杖を高く掲げた。

地面で青い光が弾《はじ》けて、雪だるまが楽しそうに踊り出す。

雪だるまの周りをぴょんぴょこ飛び跳ねるルーちゃんに、わたしは手拍子を送る。

楽しい時間は、雪だるまがすっかり溶けてしまうまで続いたのだった。


「これならすぐに寝てしまいそう。お昼寝してくれるか分からないけれど、やってみるわ」

キアラが遊び疲れてうとうとしているルーを抱えた。

菓子や水筒をバスケットにしまい、三人で脇門を通る。

ルーが覚醒しないようにキアラはすぐさま別館へ。

スノウは本館の方にある厨房《ちゅうぼう》へ寄り、その足で正門から外へ出た。

そろそろカルベナに滞在して三週間になる。

本来であればもうオブシディアに帰還している予定だが、帰れないと伝えるためにクラウディア女王に事態を報告しておいた方がいいだろう。

状況によっては帰還が遅くなる。女王が主催する新年の祝賀パーティーにも出席できないかもしれない。

魔法の鷹《たか》を飛ばしているところは、なるべく教団の関係者に見られたくない。

ティグレ教団は保守派の大本山。オブシディアへは根強い拒否感があるはずだ。

(僕が国家魔術師だと知られると都合が悪い)

幸いにも、彼らはオブシディア人であれば誰でも魔法が使えると思っているようなので、外部との連絡さえ気をつけていればいい。

寺院から距離を取るように遊歩道を進んでいく。

凪《な》いだ湖を眺めていると、封印した魔竜を思い出した。

何の因果か、魔法生物には千年前から手を焼いている。

人が来なさそうな藪《やぶ》に入って、息を吐く。と、後ろに殺気を感じた。

「っ」

振り向くより早く、首をピアノ線のような細いワイヤーで締められそうになった。

とっさに腕を差しいれて締め上げられるの防ぐ。

「貴様……何者だ？」

「恨みはないが、お前には死んでもらう」

耳に吹き込まれる声は暗い。信念のためなら罪も許容する、おぞましい一途さがあった。

ぎりぎりとワイヤーを引く力は戦士のように強いが、こちらには魔法がある。

スノウは指を鳴らして空中に雪のハンマーを呼び出した。

普段、スノウの親友を自称する魔法騎士のラグリオにお見舞いしているのと同じ物だ。あれは石頭だから打たれても平然としているが、大人が昏倒《こんとう》するくらいの威力はある。

人差し指を曲げて殴打する。その寸前、脇の茂みが揺れて人影が飛び出してきた。

その人物は犯人の背後に素早く回り、首筋に手刀を叩《たた》き込んだ。

「ぐわっ！」

犯人は白目をむいて脱力した。

体が地面に触れる前に、魔法で出したロープでぐるぐる巻きにする。

どさりと倒れた髭面《ひげづら》の男に心当たりはない。衿《えり》の合わせが独特な服や彫りの深い顔立ちに見覚えがあるのは、祝花祭の沿道に並んでいた人々がそうだったからだ。

ワイヤーで傷ついた指を拭いながら、スノウは助けてくれた恩人を見すえた。

「いつからそこにいたんだ、サイファ」

地面に膝をついたサイファは、長い前髪をかき上げた。

今日は変装も化粧もしてない。薄く笑うその姿は木陰でも目立った。

「さっき来たばかりですよ。ええ、貴方《あなた》が年甲斐《としがい》もなく魔獣と駆け回っていたところなんか見ていませんとも」

しっかり目撃されていた。こそこそされて腹が立ったスノウはハンマーで小突く。

サイファは、腕をかざして呪紋《じゅもん》で雪を溶かし、けらけらと笑う。

「見た目よりずっと固いんですね。ひょっとして先ほどの雪だるまも？」

「だったらなんだ」

「その雪だるまが動き出した頃、私と同じように森に潜んでいたこの男に気づいたんですよ。キアラさんに横恋慕しているようにも、ましてや貴方のファンにも見えなかった。寺院から出てきた貴方を追っていったので、警戒して後をつけたら襲いかかったんです」

サイファは腰に巻いていた布を外すと、犯人が舌を噛まないように口にかませた。

「手慣れているな」

「自治州の代表として方々に恨まれていましてね。特に、これまで甘い蜜を吸ってきた保守派の恨みは強く、オブシディア魔法立国との併合がなされた今も暗殺行為が止《や》まないんです。ティグレ教団の信者には何度も命を狙われています」

併合前の山渓国ギネーダは、伝統を守るために閉ざされた国を維持したい保守派と、近代化を目指して諸外国との交流を持ちたい革新派によって分断されていた。

保守派の大本山だったのが、ギネーダ全土に信者がいるティグレ教団で、長らく政権を納めていた前首長は神官あがりの男だった。

彼は教団に便宜を図り、賄賂が横行する政治を行った。

その結果、富裕層はより豊かに、一般市民は日々の食べ物にも困るようになった。

反政権的な会話をするだけで罰せられる有様だ。

これをひっくり返そうとしたのが、サイファ率いる若い呪紋術師たちだった。

前政権は革命によって倒された。その後しばらくギネーダは混乱を極めたという。

これで国が変わるという期待と、革命さえ起きなければ誰も死ななかったという憎しみの一切を引き受けることになったのが、新たな首長となったサイファだ。

当然の結果ではあるが、スノウは彼を不憫に思う。

柵《しがらみ》がなければ、この男は今より何倍もの速さでギネーダを改革できるだろう。

有能さで言えば、クラウディア女王よりよほど為政者向きだ。

「……犯人がティグレ教団の者だという証拠は」

「数珠を肌身離さず着用していますす。そういう戒律なのですよ」

スノウは、地面に転がされた犯人を冷たく見下ろす。

手首にはサイファが言う通り茶色い数珠があった。

ふと祝花祭で神官たちが送ってきた視線を思い出した。

よそ者を排斥する雰囲気は時代遅れの田舎にはよくある。しかし、それはあくまでその場の空気であって、行動への道筋にはなっても原因にはならない。

暗殺を企てるには、相応の憎しみや理由があるはずだ。

しかし、この男に命を狙われる心当たりはなかった。

犯人の体に触れたサイファは、毒入りの小瓶や剃刀《かみそり》など、隠し持っていた武器を次々と暴いていく。

「悩むだけ無駄ですよ、大魔法使い。人間というのは不思議なもので、自分のためならためらうのに、心酔する組織のためであればどんな悪事にも手を染められる。信者は善意で奉仕している一心で、捨て駒にされているとは思いません」

「僕を殺そうとしたのは教団の上層部だと？」

「それ以外にないでしょう。貴方、ただの信者に恨まれる筋合いがあるんですか？」

「ないな」

ティグレ教団の神官の誰かがスノウを殺そうとした。これは確定のようだ。

信仰は人を救うというが、救われる側の人間は心を差し出したも同じ状態に置かれる。

神の代理を名乗る人間が命じれば、善悪は考えず、いとも簡単に罪を犯すだろう。

「私を暗殺しようとした者たちは、『全て自分の意思でやった』と口をそろえて言うんですよ。捕まったらこう言えと誰かに命令されているようにね。信者が事件を起こしたという名目でティグレ教団に聴取もしましたが、こちらは『信者が個人的に暴走しただけで教団は関係ない』と言い張ります」

上層部さえ守られれば、信者はいくら犠牲になっても構わないのだ。

信仰を植え付けられた信者は、思想のためなら喜んで敵に突撃してくれる。数が減ったら補充すればいいと神官たちは考えているだろう。

組織的な犯行と証明できなければ、ティグレ教団を解散させられない。

まるで蟻《あり》だと、サイファはうんざりした様子で肩をすくめる。

「やり方が汚い連中なんですよ。私に文句があるなら、正々堂々ここが気に入らないと指摘してもらいたい。ですが、いざ対話しましょうと申し出ても拒否されるんですよね。特にあの、ラシード・アティファイという神官が厄介なんです。保守派の新星と期待されているようですが、性格がねじ曲がっていて好きになれません」

「お前に性悪認定されるとは、相当だな」

「もちろん私だって黙ってやられてはいませんよ。カルベナを開発させたのはティグレ教団の聖地でもあるからです。ここがリゾート地として成功すれば、いい牽制《けんせい》になりますから」

ラシードへの違和感なら、スノウも感じていた。

彼は、ふにゃふにゃした笑顔や抜けた言動に善性がにじみ出ていて、キアラと魔獣が不自由なく生活できるように便宜を図ってくれている。

しかし最近では、二人を祭事に参加させるといった利己的な行動が目立っていた。

(それにしても、なぜ僕を殺そうとしたんだ？)

まさか、オブシディア魔法立国の要人だとバレたのだろうか。

別館には遠視の呪紋がいくつも仕掛けられていて、スノウたちの一挙一動が見張られていることは、午前中にコートを差し入れにきたラシードの様子からも分かる。

これまでも一人になる機会はあったが、スノウが寺院の近くで殺されればキアラが教団に疑いを持つので、屋外に出たこのタイミングを狙ったのだろう。

明白な敵意は、旅行で緩んでいたスノウの警戒心を取り戻させた。

(女王への報告の前にキアラの安全だ)

スノウは魔法で鷹を生み出して命じる。

「キアラとルーを探し出して、僕が行くまで守れ」

スノウによく似た怜悧《れいり》そうな目が空を睨《にら》み、大きな翼を広げて腕から飛び立った。

あっという間に見えなくなる影を見送ったサイファは、暗殺犯の背を踏みつけた。

「この男はどうします？　貴方さえよければ、私が湖に沈めておきますが」

「僕を殺そうとした男だぞ。始末すれば僕が何かしたと思われる。幸い、気を失っていてお前の顔も見ていなければ会話も聞かれていない。寺院に連れていって、追いはぎに襲われたと説明する」

　暗殺されそうになった、では教団側も犯人を追及しなければならないが、無差別犯だと言い張れば不運だと片づけられる。

　スノウが教団の仕業だと気づいていなさそうなら、余計に無関係を装うだろう。

「疑心暗鬼に陥らせて出方をうかがい、誰が黒幕かあぶり出す」

「面白くなってきましたね」

　サイファは、いざとなったら助けを呼べと言い残して再び森に入っていった。

　あの様子だと、しばらくカルベナに潜伏するのだろう。

　ティグレ教団の本拠地にスノウとキアラという異分子が入り込んでいる現状は、革新派にとって保守派の牙城を崩す絶好のチャンスなのだ。

「食えない奴だ」

　憎まれ口を叩きながら、心の中では感謝する。

　サイファがいなければ、何も知らないまま教団の脅威にさらされていた。

スノウは、暗殺犯を魔法で浮かせて寺院まで連れていった。

門を守っていた甲冑《かっちゅう》姿の傭兵《ようへい》は、スノウが指に怪我《けが》を負っているのに気づき、すぐに応急手当を施してくれた。彼らはスノウの暗殺計画を知らされていないようだ。

やはり、黒幕は上層部の誰かだろう。

強盗に襲われたと告げて犯人を教団側へ引き渡し、スノウは別館に向かった。

鷹はとっくに到着しているはずだ。

別館のいつもの広間に存在を感じるので、そこにキアラとルーもいるのだろう。

無事だと頭では理解しているのに、足取りはどんどん速くなる。

本館を抜け、庭に出て別館の玄関が見えた頃には、早足を通り越して走っていた。
（キアラ）
両手で扉を押し開けると、ふわっとした亜麻色が揺れた。

扉に手を伸ばして大きな瞳を丸くしていたのはキアラだった。

彼女がそこにいるとは思わなかったので、スノウは虚を突かれた。

「あ……」

「おかえりなさい、スノウ」

キアラは花がほころぶように笑った。

無事であることもそうだが、何も知らずに和んでいてくれて安堵《あんど》する。

できることなら永遠に安らかな世界で笑っていてほしいが、ここにいる限りは無理そうだ。

黙りこくるスノウに、キアラは小首を傾《かし》げた。

「そんなに慌ててどうしかしたの？」

「いや……。君が部屋にいると思っていたから驚いたんだ。なぜ玄関に？」

「鷹さんが飛んできたから、そろそろスノウも戻る予感がしたの。あのね！」

ぱあっと顔色を明るくしたキアラは、はっと気づいて口を押さえる。

「大声を出したらいけないわ。ルーちゃんが起きちゃう」

「起きてしまうということは、したのか。昼寝を」

「そうなの！」

喜びを抑えきれない様子で、キアラはスノウの手を取った。

「足を拭いて、ブランケットに下ろしたら、三十秒も経《た》たずに眠ったのよ。新記録だわ」

昼寝の成功はキアラの悲願だった。

彼女がどれだけ苦労してきたか知っているスノウは、水を差したくないと思った。

(僕が暗殺されそうになったと話せば、キアラは教団を警戒するだろう)

スノウが一人になったところを襲われたことから、教団側にキアラを傷つける気はないと推測できる。

三度の食事や身の回りの世話、ありとあらゆる面で関わらなければいけない相手だ。

ただでさえ魔獣との生活に疲れているキアラに、余計な心配をかけたくない。

彼女の負担になるくらいなら伝えない方がいいはずだ。

スノウは、お得意のクールな顔つきで本音を取りつくろった。

「よかったな」

第五章　隠された聖女の真実

すやすやお昼寝するルーちゃんのそばに、わたしは長い物差しを慎重に置いた。

頭のてっぺんに端のメモリを合わせて、伸びた背筋と平行になるように位置を調整し、身長を測る。

しっぽを入れないで、だいたい三十五センチ。

出会った頃と比べて、ルーちゃんの背は少しも大きくなっていなかった。

(何が悪いのかしら)

ご飯を食べる量は増えているし、夜だけではなく昼間も眠るようになってきた。

人間の赤ちゃんであれば、個人差はあれど確実に成長していく月齢だ。

「病気があったりして……」

「ルーは魔獣だ。魔法生物は病気にはかからないと本で読んだ」

答えてくれたのはスノウだ。

彼は今日も参考文献を山と積んで、ルーちゃんを成長させる方法を探してくれている。

魔法元素についての本はあらかた読み終えて、最近ではティグレ神教の歴史にも手を出していた。ルーちゃんと遊ぶ時間以外は読みふけるのめり込みようだ。

（ラシード様が書いた本が多いのよね。そんなに面白いのかしら）

そっと伸び上がってのぞいてみる。ギネーダ語が隅から隅までびっしり書き込まれていて、イラストの類《たぐい》もないので頭が痛くなりそうだ。

「こんな難しい本、ここだと集中して読めないでしょう。違う部屋を使ったら？」

「ここがいい」

最近のスノウは、頑《かたく》なまでにわたしのそばを離れない。一時期のルーちゃんみたいだ。

厨房《ちゅうぼう》に離乳食を作りにいけば、廊下にルーちゃんを連れ出してボールで遊んでいるし、入浴している間も本を片手に廊下で待っている。

一人になりたくないのかしら。

そう思ったわたしは、彼が入浴している時は、浴場の外にあるテラスでルーちゃんと涼むのを日課にした。

スノウの変化は他にもあって、わたしがルーちゃんに絵本を読み聞かせたり物の名前を教えたりするのを、眩《まぶ》しそうに見つめている。

ちょっとした会話の継ぎ目に、何かを話し出そうとして諦めることもあった。

スノウらしくない間の取り方や、時おり壁や天井に向けられる視線に、わたしの違和感はつのるばかり。

（たぶん、聞いても教えてくれないわよね）

わたしの旦那様は秘密主義なのだ。それも、千年呪われていることだってなかなか話してくれなかったという筋金入り。

信じて話してくれるまで待つしかない。

受け身でいるのは辛《つら》いけれど、落ち込んでも仕方ないので首を振って気分を切り替える。

「今日のおやつは何にしようかな」

朝食と一緒に運ばれてきたフルーツ入りの籠を漁《あさ》る。

真っ赤に熟れたリンゴを取り上げると、ルーちゃんは「ううご！」と叫んだ。

わたしはびっくりしてスノウと顔を見合わせる。

「今……」

「しゃべったな」

人間と口の形が違うので同じ発声はできないが、絵本にリンゴが出てきた時に唱えた言葉とまったく同じ単語を叫んだ。

赤くて丸い果物の名前を『リンゴ』だと覚えたのだ。

「偉いわ、ルーちゃん！」

わたしはルーちゃんを抱き上げてたくさん褒めた。

成長には小さな成功体験が必要だ。

子どもにとっての成功は、親に当たる人に褒められること。わたしが心から喜ぶことで、ルーちゃんはもっともっとやる気を出してくれる。

本を閉じて近づいてきたスノウは、籠の中にあるブドウを指さす。

連なった紫色の瑞々《みずみず》しい実には水滴が付いていた。

「ルー、これは？」

「うおう」

「そうだ。これはブドウという果物だ。では、彼女の名前は分かるか？」

満足げに頷《うなず》いたスノウの指が、今度はわたしに向けられる。

（もしかして、わたしの名前も覚えてくれてたりする？）

わくわくしながら待っていると、ルーちゃんは大きな頭をこてんと傾けた。

「ううご？」

「あー惜しい～～！」

「まったく惜しくないぞ。今のは適当に言っただけだ」

スノウの冷静なツッコミはさておいて。

もともと言葉を持たない魔獣がいくつも単語を覚えるのは大変そうだ。

せめて、わたしとスノウの名前を理解してもらえたら。その一心で方法を考える。

「キアラ、スノウだと果物と同じ三文字だから混乱しやすいのね。短くて覚えやすい愛称みたいなのがあるといいんだけど」

「頭文字の『キ』と『ス』の一文字で覚えさせるか？」

わたしはルーちゃんを抱き上げて胸に寄りかからせた。

「ルーちゃん、『キ』って言ってみて？」

釣り上げられた魚みたいに口をぱくぱくさせたルーちゃんは、十分に口の動きをシミュレーションした後に声を出す。

「う！」

キは発音が難しいようだ。

「それじゃあ、『ス』は言える？」

「う！」

うーん、だめだ。同じに聞こえる。

リンゴが『ううご』、ブドウが『うおう』になるように、ルーちゃんの口だとキもスも『う』になってしまう。よく考えたら、人間の赤ちゃんも舌ったらずだものね。

他に愛称になりそうなもの……と頭を悩ませたわたしは、ふと思いついた。

「ルーちゃん、『ママ』は言える？」

「があ？　がう、あま……まあま？」

言えた！

「そう！　わたしがあなたのママよ。それと、この人は」

スノウは何をしようとしているか察して、ルーちゃんに呼びかけた。

「僕のことはパパ……ではまた被《かぶ》りそうだな。『父』と呼べるか？」

「おちゅ、ちゅが、ち、ちゅち！」

また言えた!!

「あなたは天才だわ！」

感極まったわたしは、ルーちゃんの頭に頬をすりつけた。

我が子が自分を認識してくれた嬉《うれ》しさで胸がはち切れそうになる。

いや、ルーちゃんはわたしが産んだわけじゃないけど。産んでないんだけど！

（たまらなく嬉しい！）

見れば、スノウも頬を染めてまんざらでもなさそうだ。

当初は喧嘩《けんか》ばかりだったけれど、遊ぶのに抵抗がなくなった今は、一番の親友のような立ち位置でルーちゃんを見守ってくれている。

ルーちゃんの成長にほっこりしていたわたしたちは、同時に我に返る。

（当初の目的を忘れてるわ！）

ルーちゃんに言葉を覚えさせるのは、番《つがい》を解消してもらうため。

褒められて上機嫌の今なら、話を聞いてくれそうな気配がした。

「ルーちゃん、あのね。ママと父は、ルーちゃんがママを番にする前から一緒にいたの」

ゆっくり、やさしい言葉を選んで話す。

真剣な声色に、ニコニコしていたルーちゃんの表情も心なしか引き締まった。

「だから、ママはルーちゃんの番にはなれないの。この印を消してくれない?」

髪を片側に寄せて、首筋に刻まれた炎の紋章を見せる。

これが消える時に番が解消されるのだろうと、ラシードも言っていた。

そういう意味では、この呪紋《じゅもん》は人間でいう結婚指輪なのだろう。

「僕からも頼む。呪紋を消してくれ」

スノウの懇願を耳に入れたルーちゃんは、「がう」と元気にお返事して膝から下りた。

願いを聞き届けてくれたのだろうか。

わたしとスノウはぐっと息を詰めて待った。

大変だった子育てがいよいよ報われるのだ!

しかし、期待は裏切られた。ルーちゃんはこちらに背を向けて部屋の隅に走っていき、ボールで遊び始めてしまったのだ。

取り残されたわたしは苦い気持ちになった。

「……どうして解消してくれないのかしら」

「恐らく、文脈が理解できなかったんだろう」

ようやく物や人の名前を覚えた赤ちゃんが、大人の話についていけるはずがなかった。

そもそも魔獣がどれだけ人とコミュニケーションが取れるか未知数なのだ。

犬や猫のようにお手、待てなどの指示くらいしか理解できない可能性もある。

「ルーちゃんに多くを求めすぎたんだわ……」

改めて思い返すと、ママ呼びまでさせてしまったのはやりすぎだったかも。

(で、でもスノウだって父と呼ばせていたわ！)

抵抗なく自分を父親だと教え込む姿は、わたしに遠くない未来を想像させた。

セレスティアル邸で、自らの子どもをあやす彼を。

もしも実現したら、わたしはきっと泣いてしまう。

何気ない日常が形を変えて、一分一秒全てを目に焼きつけて忘れたくないと思えるような愛《いと》しい日々になるだろう。

(お母さんとお父さんが写真を撮っていた理由がやっと分かったわ)

二人もわたしが生まれて同じ気持ちになったのだろう。

だから、たくさん写真を撮って、その時々の愛しさをアルバムに残してくれた。

「まあま」

過去へ思いを馳《は》せるわたしをルーちゃんが呼んだ。お母さんに甘えるみたいに。

わたしは番。

でも、こんなに求めてくれるのなら、母親気分でいてもいいかもと思えた。

◇ ◇ ◇

わたしは、お昼寝しているルーちゃんをスノウに託して、ラシードを訪ねていった。

執務室で首都の地図を開いていた彼は、リンゴやブドウといった単語を話せるようになったと聞いて目を輝かせた。

「魔獣様が人の言葉を理解し始めたんですか！」

「はい。わたしとスノウも区別できるようになりました。少しずつ言葉を教えていくつもりですが、体が大きくならないのが気になっていて……」

栄養も睡眠も足りているのに、ルーちゃんは成長しない。

面倒を見ている身からすると、自分の育て方が悪いんじゃないかと不安になる。

表情を曇らせるわたしに、ラシードは机の端にあった書物を開いて見せた。

「私もそれが気になって調べていたところなんですよ。しかし、文献に出てくる魔獣様はどれも成体なんですよねぇ」

描かれた魔獣は腹ばいだが、頭の位置は隣に立った女性より高い。

礼拝堂にかけられた守り神のタペストリーにも、精悍《せいかん》な姿が織り込まれていた。

スノウが戦った魔竜のように、魔法生物の中には物理法則を無視して巨大化する種族がいる。

ルーちゃんは、普通の動物より速い速度で成長していなければおかしい。

「魔獣様は魔法元素から生まれています。カルベナには火の魔法元素が豊富なので勝手に大きくなるはずなんですが、困りましたねぇ……」

ラシードは、椅子の背もたれに寄りかかって目を閉じた。

長年、魔法生物の研究に明け暮れてきたのに、有効な手がかり一つ見つけられない自分に落胆しているのだろう。

物事を突き詰めると自信になる。得た知識は人を支える柱になって行動を助けてくれる。

問題は、高い壁が目の前に立ちはだかった時だ。

それまでの自分では太刀打ちできない困難を前にして、柱はもろく崩れて倒れそうになる。

支えを失った人間は弱い。虚無感にさいなまれて、卑屈になっていく。

これまで、頑張ってきたことは意味がなかったんじゃないかって疑心暗鬼にもなる。

それが今のわたし。

(わたしではルーちゃんを満足に育てられないかもしれない)

ルーちゃんは人恋しさに出会い頭の人間を番にしただけで、適性があるからわたしを選んだわけではない。

魔獣を成長させるために、努力や工夫では埋められない何かが必要なのだとしたら。

ルーちゃんのそばにいるのはわたしではいけない。

わたしが暗い表情をしているのに気づいて、ラシードはパンと両手を合わせた。

「そう気に病まないでください。ここに重要なことが書かれていますよ」

長い指が古代語をするすると撫《な》でる。わたしの目には楔《くさび》の行列にしか見えないけれど、ラシードの知恵を通すと、遠い昔の人々の声になる。

「伝承では『魔獣は巨大な姿ながら人間と心を通わした』そうです。救いを求めてティグレ神教の説法を聞きにきた人々の悩みを聞き、それぞれに目の覚めるような解決法を授けました。言葉を教えていけばいずれ会話ができるようになります。そうすれば成体になる方法も教えてくれるでしょう。諦めるのは早いですよ！」

「ひっ」

いきなり手を取られて背筋がぞわっとした。

大きな石を持ち上げたら、ムカデや幼虫がわらわら潜んでいた時のようだ。

失礼だと思うのに、全身が粟立《あわだ》つのを止められない。

ラシードは手を握ったまま席を立って、踊るような足取りで机を回り、凍り付いていたわたしを高い位置から見下ろした。

「魔獣様を成長させられるように、私も協力します。キアラさんの力になれるのなら、私はマグマの溜《た》まった火口にだって身を投げられるんですよ。貴方《あなた》は一人ではありません」

かけられる言葉は頼もしく、表情は優しい。

(それなのに、どうして怖いの？)

ちょっと考えて、モノクルの奥の瞳が笑っていないのだと気づく。眼球をのぞき込んだら、頭蓋の内側にある暗がりに、蠢《うごめ》く虫より気味の悪い何かが潜んでいそう。

後ずさって握られていた手を引き抜くと、ラシードのこめかみがピクリと動いた。

「おや、振られてしまいましたね」

ラシードは明るく笑った。

わたしも愛想笑いで返したけれど、抱いた嫌悪感は簡単には消えてくれなさそうだ。


ラシードの執務室を出たわたしは図書室を目指していた。

交互にルーちゃんを見守っているので二人そろって図書室に来るのは難しい。そのため、普段は神官に本をリクエストして持ってきてもらっていた。

(わたしが見つけなきゃ。ルーちゃんを成長させるヒントを)

古代語でも、辞典を使えば一人で読み解けるはず。

気が急《せ》いているのは、先ほどラシードに手を握られたせいだ。

一瞬だけだったけれど、硬い皮膚の感触がまだ手に残っている。

伝わる熱はじっとりとまとわりつくようで、衝動的に頭から水を被って洗い流したいような不快な気分になった。

スノウと手を繋《つな》いだ時はこんな風にはならない。

薄い手の平はひんやりしていて、骨ばった長い指まで新雪みたいに柔らかくて、触れられると甘くて穏やかな気持ちになるのだ。

「わたし、いつからスノウに触れられていないのかしら……」

切なくなって、色ガラスのランタンが吊《つ》り下げられた廊下で立ち止まった。

ルーちゃんがいると、スノウと手を繋ぐことも抱きしめ合うこともできない。

毎日顔を合わせて同じ部屋で眠っているのに、わたしたちの距離は遠かった。

愛する人を感じられないと人は追い詰められるみたい。

胸の痛みに耐えるわたしを、若い神官が迷惑そうな顔で追い越していく。

他に通る人はいない。薄暗い廊下は静謐《せいひつ》だ。

静けさは不安を加速させて、まっさらな紙を握りつぶすみたいに、わたしをくしゃくしゃに縮めていく。

(こんな姿、ルーちゃんにもスノウにも見せられないわ)

再び歩き出そうとしたら、真後ろでガシャガシャと金属が擦れる音がした。

振り向くと、甲冑《かっちゅう》を身につけた教団の傭兵《ようへい》がいた。鉄の兜《かぶと》を被っていて顔は見えない。

「あの……？」

「姿が見えたものですから。どうなさいました、キアラさん」

顔の覆いを押し上げたのはサイファだった。

「サイ――もごご！」

名前を呼ぼうとした口を容赦なく塞がれる。

彼は「お静かに」と天井や壁に視線を走らせた。

「ここは監視されていないようですが、気をつけておくに越したことはありません」

サイファの腕を下ろしたわたしは小声で尋ねた。

「どうしてここにいらっしゃるんですか？　それに、その格好は？」

「私くらい有名になると観光するのも一苦労なんですよ。これは、息抜きのために持ち場を離れた門番からお借りしました。呪紋の効果でしばらく眠ってもらっていますが、この一件が片づく頃にはご家族の元に返すので問題ありません」

ようは、門番を眠らせて甲冑を奪い、教団関係者に変装して施設内に入ったのだ。

ギネーダの首長であるサイファが、そうまでしてティグレ教団に潜入する意味が分からないし、ましてや観光では絶対にない。

敵情視察のような物々しさに、わたしは息をのんだ。

「よく分かりませんが、わたしにお手伝いできることはありますか？」

「そうですね……。一緒に施設内を歩いてもらってもいいでしょうか。この格好は顔を見られなくて気に入っているのですが、目立って仕方がないんです」

「では、わたしが傭兵に道案内をしてもらっているという体にしましょう」

あまり本館の方に近寄らなかったわたしは、こちらの間取りに詳しくない。

さっきも、通りかかった司書に図書室の場所を教えてもらったばかりだ。

傭兵の詰め所は、礼拝堂へ行くための正門と左右の中門の脇にある。彼らは館内の雑用も引き受けているので、本館を歩いているところはたまに見ていた。

いざという時は、わたしが迷って道案内を頼んだと説明すれば切り抜けられそうだ。

サイファは覆いを戻して顔を隠した。

「どちらに向かっていたのですか？」

「図書室です。あ！　よければ文献を読むのを手伝ってもらえませんか？」

古代語の通訳としてサイファは適任だ。辞書に頼らなくてもその場で意味を教えてくれる。

お目当ての図書室は、木製の本棚が整然と並んだ部屋だった。

カウンターにいた男性の司書に利用を申し出ると、彼は甲冑を見て眉をひそめた。

「なぜ傭兵をお連れになっているのですか？」

「わたしはギネーダの古代語に詳しくないので助っ人です。門番を交代する時間まで探し物を手伝ってもらいます」

「助っ人ねえ……」

司書は疑わしそうに顔の覆いをのぞき込んだ。わたしの背筋を嫌な汗が伝う。

（部外者だって気づかないで）

祈りが通じたのか、司書はふんと鼻を鳴らして離れた。そして「騒がないでくださいね」と言い添えて、身元を照会することもなく入室させてくれた。

甲冑は歩くたびにガシャガシャと音を立てるが、目立つせいでかえって誰も疑いを持たないようだ。改めて、サイファの大胆さに驚かされる。

（スノウと女王陛下が一目置く人だもの。本当はすごいのよね）

「キアラさんは魔獣の情報を集めているんですよね。魔法生物の棚は……」

「待ってください。それはもうスノウが調べてくれたので、わたしは違う方向からアプローチしたいんです」

魔獣に関する情報はもう出尽くしたと思っていい。

魔法生物の研究者であるラシード、ティグレ教団の歴史をさかのぼって守り神について調べているスノウが手をつけた文献を読み直すのでは、時間の無駄になる。

わたしが狙うのは、彼らがまったく興味を引かれないような分野だ。

魔獣にも守り神にも関係ないけれど、ティグレ教団に古くから伝わっているような書物があれば、そこに案外いいヒントが眠っているかもしれない。

「できれば、男の人が読まなそうな文献を調べたいんですけど……」

「なかなかに難しい注文ですね」

サイファはふむと考え込んだ後、図書室の奥に視線を向けた。

本棚の裏に短い廊下が通っていて、その先には個室があるようだ。

「カウンターの近くにテーブルがありましたけど、閲覧室もあるんですね」

「いいえ。あれは隔離室ですよ。女性のための」

もの憂げに言われて、わたしは動揺を隠せなかった。

「どうして女性が隔離されなければならないんですか？」

「ギネーダにはびこっている保守的な思想のせいです。オブシディアで初めて貴方と出会った際、『女性の方から離婚を申し出られるか』と尋ねたのを覚えていますか？」

「はい。できるとお答えした後に、怒ったスノウが駆けつけてきたんでしたね」

出会い頭に変なことを聞く人だと思ったので、はっきり記憶に残っていた。

オブシディア魔法立国の婚姻制度では、男性と女性のどちらからでも離縁を求められる。話し合いで解決しなければ、第三者を交えての調停も行われる。

それがギネーダでは通用しないのだと、サイファは気重そうに打ち明けた。

「オブシディア魔法立国は女王が君臨しているだけあって、女性にも男性と遜色ない権利と自由があります。しかし、ギネーダはそうではありません。ここでは、男性だけが権力を持っていて、女性は従う立場なのです」

ギネーダでは、女性と子どもは男性に従属して生きるべきだという思想が根付いている。中でも家長の言うことは絶対で、女性は出かける場所や服装まで制限される。

勉強や読書といった知的活動は生意気だとみなされ、そういった行いをする女性は隔離室に入らなければならない。読める本も制限されていて、家事や料理の本以外、たとえば小説などは手に取るだけでも顰蹙《ひんしゅく》を買った。

最近になってサイファが禁止にしたけれど、ルールを守らない女性には鞭打《むち》ちの罰も与えられた。その怪我《けが》が元で亡くなる人もいたという。

「馬鹿げています。こんな慣習は一刻も早く終わらせたいのですが、公的な施設ならまだしも保守派の本拠地には手が出せません。あの部屋をなくすのが私の目標なのです」

思いを吐露する声には覇気があった。

甲冑で隠れているが、垂れ目がちな赤い瞳には野望がみなぎっていることだろう。

自分の利益ではなく、苦しんでいる人々のために立ち上がった彼は、どんな障壁があっても立ち止まらない。

サイファがギネーダの大転換を成しとげる偉人になると、わたしは心で感じ取った。

「わたし、隔離室に入ります。スノウが調べていない本がたくさんありそうですから」

隔離室の扉を開ける。幸いにも誰もいなかったので、サイファも一緒に入室した。

入ってすぐに埃《ほこり》っぽさが気になった。

カルベナの識字率は低く、読める人間もほとんどが男性なので使用者が少ないのだろう。掃除が行き届いていないため、天井の隅には蜘蛛《くも》の巣まで張っていた。

壁際には本棚が二つ並び、中央に粗末な椅子が置いてあるだけで、書見台は見当たらない。

「絵本、料理の本、おばあちゃんの知恵の本……」

本棚の背表紙を眺めていったわたしは、端に差し入れられていた古い一冊に気づいた。

引き出すと布張りの表紙に、笑顔の女の子のイラストが描かれていた。

絵の上にはギネーダ語のタイトルがある。

「この文字は、たしか……」

「消えかけていますが、恐らく『聖女』でしょう」

聖女。それは、魔獣の番となって一生を添いとげた女性の呼び名だ。

縁を感じたわたしは、椅子に座ってその本を開いた。

文と文の間に絵が入った、手作りの児童書のようだ。

やさしい単語で書かれているので、わたし一人でも読める。

――カルベナの村に、亜麻色の髪を持つ女の子が生まれました。

十歳になった満月の夜、火山のふもとの森で迷った女の子は、小さな虎と出会って村まで送り届けてもらいました。

実はその虎は火の魔獣で、女の子は番に選ばれたのです――


「これ……今まで調べた文献と違うわ」

これまでの書物には、魔獣は成体でしか出てこなかった。

しかし、ここには最初は子虎だったと書き記してある。

聖女の出身まで明記されている。

さすがに名前までは書いていないけれど、実在したのは確実だ。


――女の子は、魔獣を弟のように思って大切に育てました。

一緒にごはんを食べて、遊んだり言葉を教えたりしていくうちに、いつしか魔獣は大きく成長しました。そして、人を助けるようになりました。

彼女は自分がいなくなっても困らないように、魔獣を崇《あが》める人たちを国中から集めました。

それがティグレ教団のはじまりなのです。

魔獣と添いとげた女の子の代わりに、今ではティグレ教団が守り神として崇めています。

物語は女の子を讃《たた》えて終わった。信者の女の子向けだったようだ。

幼い頃に番にされて、亡くなるまで魔獣に寄り添った献身さは、聖女の名に相応《ふさわ》しい。

でも、今のわたしのように男性に触れられるだけで魔獣の怒りを買う状況だったら、恋人の一人も作れなかっただろう。

好きな人がいても手を伸ばせない。好きになってくれた人を選べない。

(それは……寂しいことだわ)

聖女の人生に思いを馳せていると、ページをのぞき込んだサイファが眉をひそめた。

「この本には仕掛けが施されているようですよ」

最後のページの端っこを指で叩《たた》く。そこに描かれていたのは鍵穴の絵だった。

「呪紋だわ！　隠しておきたい物に刻むものですよね」

「正解です。通称〝秘匿〟の呪紋と呼ばれています」

サイファは、その呪紋について詳しく教えてくれた。

人目につかせたくない物に刻むと、存在感を消してあたかもないように錯覚させる。刻む時に決めた条件を満たせば見えるようになるが、かけた当人が忘れてトラブルになる場合が多いため、現実的にはほとんど使われないという。

「何を隠しているのかしら」

わたしは本を持ち上げた。が、特に変わったところはない。

ひっくり返してみたり、背表紙を持って振ってみたりもしたが、何も起こらなかった。

サイファはあれこれやってみるわたしを、生暖かい目で見つめる。

「秘匿の呪紋を発動させるには、条件を満たす必要があります。それが分からないとどうにもできませんよ」

「それじゃあ、この本は持って帰ります。部屋でゆっくり調べれば、呪紋を解く条件が分かるかもしれません」

司書に貸し出しの手続きをしてもらって図書室を出る。

その後は施設の中を歩き回った。

サイファは近くに呪紋があると体がうずくらしく、遠視の呪紋が仕掛けられている場所は足早に通りすぎた。

今まで気づかなかったが、寺院の中は廊下や礼拝堂、休憩室まで呪紋だらけだ。

(監獄みたいだわ)

もしかして別館にも同じ呪紋が仕掛けられているのだろうか。

「ティグレ教団は悪い人たちなんでしょうか……?」

信じていいのか迷うわたしに、甲冑越しのくぐもった声が返ってくる。

「善《い》いか悪いかは貴方が決めることですよ。魔獣を育てるために彼らが必要なのでしょう。それなら知らぬふりをしていては。スノウリーもそうしているはずです」

教団の人々を絶対的な味方だと思っていたわたしに対して、スノウはかなり早い段階から警戒していた。

廊下や天井を瞳の動きだけで確認していたのは、遠視の呪紋に気づいていたから。

すぐにでもここを出ていきたいけれど、ルーちゃんを育てるために今以上の環境はない。

スノウが口を閉ざすことを選んだように、わたしも慌てず騒がず、注意していくしかない。

礼拝堂の前でサイファと別れる。

最後の挨拶は、何かあったら駆けつけますからという力強い言葉だった。

◇　◇　◇

サイファと会った数日後、わたしは猫じゃらしでルーちゃんと遊んでいた。

スノウはいない。

ラシードに食事の献立について話があると呼び出されて、本館の方へ行っていた。

彼にも例の本を見せたけれど、魔法の力をもってしても秘匿の呪紋は解けなかった。

（条件さえ分かれば……）

わたしは本を開いたまま、うわの空で猫じゃらしをパタパタと動かす。

棒の先についた羽根を目で追っていたルーちゃんは、後ろ足で立って捕まえようとした。

赤ちゃん体型なので立ち上がってもすらりとはいかず、お尻の方に重心が偏ってむっくりしている。

パシッと両手で挟もうとするが空振り。羽根は小さな鼻をさわさわとくすぐった。

「うー、くしゅん!」

くしゃみと同時に吐き出された炎が、舐《な》めるように本に触れた。

「燃えちゃう!」

本を閉じて振り回したわたしは、おかしなことに気づいた。

ページの間が、まるで火がくすぶっているようなオレンジ色に光っているのだ。

そうっと光る部分を開いてみると、以前読んだ時にはなかったページが現れた。


——ここへたどり着いた者へ、聖女の真実を伝える。

彼女は、魔獣を愛し魔獣に愛された素晴らしい娘だった。

噂《うわさ》を聞きつけたティグレ教団を名乗る男たちが、魔獣を崇める宗教を作って権力を得ようとしたが、それを知った魔獣は番を解いて彼女を逃がした。

魔獣も姿を消したが、教団はそれを隠して信者をあざむき続けた。

ティグレ教団の嘘《うそ》を暴くため、この真実を後世に伝える。

聖女だった我が娘ルクウォーツの幸せを願う。

「この印は……」

メッセージの最後に記されていたマークは、エドウィージュ家に伝わるルクウォーツの紋章だった。

炎であぶることが、秘匿の呪紋を解く条件だったのだろう。

大昔の聖女と自分が一本の線で繋がって、わたしは打ち震えた。

(まさか、ルクウォーツが守り神の番だったなんて)

先祖のルクウォーツは魔獣と出会い、番に選ばれて心を通わせた。しかし、その絆《きずな》を利用したい男たちが現れ、魔獣を守り神にしたティグレ神教を作って独占しようとした。

隠しページを作って真実を残したくらいだから揉《も》めたのだろう。

ルクウォーツは、ティグレ教団で聖女として扱われるより、恋人と逃げる決断をした。

番を解消したということは、魔獣も納得ずくの逃亡劇だったに違いない。

逃げた二人はオブシディア魔法立国で結婚して、エドウィージュ家を成した。

そして、残された魔獣は人間の前から姿を消した。

「つまり、森の奥にある祠《ほこら》には何も眠っていないのね」

魔獣は守り神と崇められるのは不本意だったのだろう。

自ら番を逃がして、カルベナに残った魔獣の一生を思うと胸がざわめいた。

わたしの体を流れるエドウィージュ家の血が耳元でドクドクと脈打って、かつてルクウォーツが抱いた無念を伝えてくる。

弟のように思っていた魔獣と引き剥がされて悲しかったろう。

聖女なんて立派な肩書はいらないから、最後まで一緒にいたかったはずだ。

わたしは本を床に置いて、きょとんとしていたルーちゃんを強く抱きしめた。

ふわふわの小さな命を感じて、なぜ自分が番に選ばれたのか腑《ふ》に落ちた。

(わたしが、ルクウォーツの血を引いていたからだったんだわ)

平民なのに豊富な魔力があったのも、同じ名前を授かったのも、家に独自の印が伝わっているのも全て、ギネーダを訪れた時に魔獣と出会えるように。

「ルクウォーツは魔獣といて幸せだったのね。だから、子孫に色んな手がかりを残したんだわ」

ルーちゃんの番にされて大変だったけれど、それ以上にたくさんの喜びがあった。

眠れなかった夜も、笑い合った日も、全部が宝物。

ルクウォーツと魔獣は姉弟のような関係だったのに対して、わたしにとってのルーちゃんは我が子も同然だ。

抱く腕に力を入れると、ルーちゃんは嬉しそうに喉を鳴らした。

(絶対に守ってみせるわ)

わたしは心の中で、遠い昔にこの世を去ったルクウォーツに誓った。

◇　◇　◇

スノウは、ラシードの執務室が嫌いだ。

古い文献が乱雑に積み重なっているところや、魔法生物のはく製が何体もあるところ、豪華な金の額に入れられた表彰状がこれ見よがしに飾られているところが気に入らない。

研究者を名乗っておきながら、それらに対する愛情が欠けている。

オブシディア魔法立国の国家魔術師たちは、魔法に対して真摯だ。

礼儀知らずは早い段階で叩き直される。そうしなければ、魔法の威力を己の強さだと勘違いした人間になり、いずれ大きな事件を起こすからだ。

しかし、驕《おご》り高ぶった厄介者は時として上手にその本性を隠すことがある。

もっとも手に負えない相手は善人のふりをしている。

それは魔法ですらあぶり出せない――。

考え事をしていたせいで、スノウはラシードの話に反応するのが遅れた。

「……離婚？」

「ええ。キアラさんと別れてはいかがですか？」

テーブル越しに対面するラシードは、ふにゃっとした笑顔から陽気なオーラを放っている。

見ているとと気が抜けるが、この男が求めているのはスノウとキアラの離婚だ。

ギロッと睨《にら》むと、ラシードは慌てて両手を振った。

「そんなに怒らないでください！　私が横恋慕したというわけではないんですよ。最近、キアラさんから魔獣様が大きくならないと相談されまして、この調子では成体になるまで長い時間がかかると思ったんです」

ルーの体つきに変化がないことは、スノウも感じていた。

一見すると子育ては順調のように見えるが、実際は足踏み状態だ。

文献に記されているような成獣への道は遠いが、なぜ離婚など。

苛立《いらだ》つスノウに対して、ラシードはいつもののんき気さを崩さない。

「お二人はギネーダに新婚旅行にいらしたんでしょう。今の状況では魔獣様が成長するまで何年もかかりますし、その間、彼女に触れられないのは辛いでしょう？」

いっそ離婚しませんか、とラシードは自分の別れ話みたいに言う。

「スノウさんだけオブシディアに戻って、別の女性と結婚してはいかがでしょう。キアラさんのことは教団が手厚く保護しますし、手切れ金も用意しています」

テーブルに載せられていた鞄《かばん》が開かれる。

スノウが視線を落とすと、そこには大量の金貨が入っていた。

「僕に妻を売れと言っているのか」

「売れだなんて滅相もないですよ。これは教団側の誠意です。キアラさんに教団に残っていただけるならなんだってします」

「そこまで二人にこだわる理由はなんだ？」

「え？　なぜって――」

ラシードの口がにやあと歪《ゆが》んだ。

せっかく善人の皮を被っていても、悪玉というのはどこかでしっぽを出す。

その隙を見逃してやれるほど、スノウは人生経験が浅くなかった。

「――魔獣様はティグレ教団の守り神ですから。成獣にするまでは聖女の力が必要ですし、教団にいていただきたいと思うのは自然なことでしょう？」

スノウの苛立ちは呆《あき》れに変わった。

口ではルーを成獣にするためと宣《のたま》っているが、ラシードの目的は、魔獣を独占して新たな守り神として担ぎ上げることだ。

キアラを手厚く保護するのも、聖女の庇護者《ひごしゃ》として教団内での権威を高めるためだろう。

利己的な善意のすり替えに反吐《へど》が出る。

「若造が。金で全てが手に入るとでも思ったか……」

「へ？」

低い声で吐き捨てられて、ラシードはぽかんと口を開けた。

間抜け面を横目に、スノウは鞄には手をつけずに立ち上がる。

「キアラは僕の妻だ。彼女は誰にも……魔獣にも、貴様らにも渡す気はない」

後ろを振り向かずに部屋を出る。

ラシードへの侮蔑の意味を込めて、大きな音を立てて扉を閉じた。

国家魔術師たるもの礼儀は尽くすべきだ。

しかし、キアラを奪おうとする人間に対しては、真逆をもって応じるのがスノウのポリシーなのである。


「ふー。金ではだめでしたか」

部屋に残されたラシードは、長い髪の毛をぐしゃりとかき乱した。

ティグレ教団の信者であれば金貨を見せれば飛びつく。

彼らは学校に通えず、教団の説法以外には勉強もしないので、貧乏暮らしから這《は》い上がる術《すべ》がない。そのため常に金を欲しがっているのだ。

しかし、オブシディア人はさほど富に執着がないらしい。

スノウもキアラも身なりがいいので資産家なのかもしれない。

彼らは、魔獣の番になって夫婦らしくいられなくなっても、お互いの手を離すまいとするかのように一緒にいる。

それではこちらの都合が悪いのだ。

ラシードの悲願は、魔獣を文献にあるような立派な姿に成長させること。

たとえ成獣になっても、キアラとの番を解消させるつもりはなかった。

ティグレ教団が、前首長の代のようにギネーダで権勢を振るうには、魔獣とそれに選ばれた聖女という、人々が崇めたくなる舞台装置がなければならない。

単純そうで、なおかつ愛情深いキアラは、傀儡《かいらい》として適任だった。

「絶対に手に入れてみせますよ」

ラシードは、誰に遠慮することもなく悪人面をさらして笑った。

第六章　愛を選んだ獣

ルクウォーツが守り神の番《つがい》だった。

衝撃的な事実を知ったわたしは、真っ先にスノウに伝えようとした。けれど、本館から戻ってきた彼が怖い顔をしていたので言い出せなかった。

ラシードとの面会で、気に障ることを言われたのかもしれない。

静かな怒りは、スノウの美貌を壮絶に引き立てていた。

見た者を凍らせてしまいそうな剣幕にはルーちゃんも怯《おび》えて近づかないので、最近の遊び相手はもっぱらわたしだ。

（そのせいで、話すチャンスもないのよね）

積み木で塔を作りながら、わたしは重いため息をついた。

四角いブロックを高く積み上げて天辺《てっぺん》に三角をのせると、きらりと目を輝かせたルーちゃんが突っ込んできて崩す。

積み木にまみれて転がって、きゃっきゃと笑うまでがワンセットだ。

ルーちゃんは塔崩しがマイブームで、崩してはわたしに積ませ、また崩すを繰り返す。一日に十回も二十回もやるので、さすがにちょっと疲れてきた。

散らばった積み木をかき集めながらスノウを見ると、彼は手にした文献ではなくこちらを見ていた。冬空よりも薄い水色と、パチッと目が合って胸が弾む。

笑いかけようとしたら、ふいと視線をそらされてしまった。

（……避けられてる？）

ひょっとして、スノウはラシードではなくわたしに対して怒っているのだろうか。

身に覚えがないんだけど……。

（いいえ、一つあるわ）

わたしは部屋のカレンダーを見る。カルベナに来てからおよそ一カ月。

スノウは新婚旅行のために長期休暇を取っているけれど、そろそろオブシディアに戻らないとお仕事が溜《た》まっていて大変なのかも。

それなのに、わたしは少しも気にかけずに子育てに集中していた。

国家魔術師の妻、ひいてはセレスティアル公爵夫人失格だ。

「ス、スノウ。わたしね」

「――外の空気を吸ってくる」

話をさえぎって、スノウは廊下へ出ていってしまった。

わたしはサーッと青ざめる。

「どうしよう、完全に呆《あき》れられてるわ」

「がう？」

不思議そうな顔でルーちゃんが見上げてきたが、相談できるわけもなく。

わたしは一人で血の気の引いた頭を抱えたのだった。


一方その頃、スノウは裏庭のデッキに腰かけて途方に暮れていた。

キアラの視線から逃げるように出てきてしまったけれど、変に思われなかっただろうか。

(彼女には話がある。あるんだが……)

内容が内容なだけに、言い出しにくいったらなかった。

ティグレ教団の信者に暗殺されそうになったのに加え、ラシードに離婚を勧められた。

当然ながら断ったので、教団側はスノウをさらに疎ましく思っただろう。

——どう考えても、キアラが心労を抱える話だ。

ここ最近、キアラはルーと一緒に昼寝をしていた。

それなのに、夜もやたらとあくびをする。疲れが溜まっているのだろう。

魔獣育てには仕事のように休みがない。スノウが手伝うにも限界がある。

あの状態で、深刻な話をするのは可哀想《かわいそう》だ。

（これも見られているだろうな）

スノウは外壁にあしらわれた彫刻をちらりと見た。

遠視の呪紋《じゅもん》はここだけでなく別館の中にも仕掛けられていて、こちらの様子は筒抜けになっている。

離婚しないと宣言した以上、教団は再びスノウの命を狙ってくるだろう。

（奴らは僕さえいなければ、キアラがここに留《とど》まると思っている）

彼女を上手《うま》く使って、ルーを守り神の生まれ変わりとして扱えば、信者は熱狂する。

新たに入信する者も増えるだろう。

支持者が増えて教団が力を増していけば、内政をひっくり返すことだって不可能ではない。

サイファがうかつに手を出せないほど抜け目ない連中だ。

どんな卑怯《ひきょう》な手を使ってくるか知れない。

いざとなればキアラを連れて逃げるつもりだが……。

（ルーのことをどうするかは、やはり彼女と相談しておかなければならない）

相手はただの子虎ではない。魔獣なのだ。

連れて逃げるのはリスクが伴う。

番を解消せずに距離を取った場合、どんな影響があるのか未知数だが、キアラの命を第一に考えるならば一時的にルーを置いて避難するべきである。

それはスノウの考えだ。キアラは違う。

恐らく彼女は、緊急事態になってもルーを手放さない。

キアラは魔竜に呪われた自分を見捨てず、共に戦ってくれた素晴らしい女性だ。

危険な場所にルーを残していくくらいなら、命を失う覚悟で留まるだろう。

衝突するのが目に見えているから腰が重いのだ。

せっかくの新婚旅行中に喧嘩《けんか》になるのは避けたかったが、こうなったら仕方ない。

鉛でもつけているような足取りでスノウは部屋に戻った。

二人は休憩中らしく、ミルクとお茶を飲んでいた。

スノウの分のカップは準備されていない。行き先を告げていなかったので、しばらく帰ってこないと思われていたようだ。

「ごめんなさい。準備してくるわ！」

「いや、いい」

立ち上がりかけたキアラを止めたら、彼女はびくっと肩を揺らした。

「そ、そう……」

気まずい空気が流れた。

座り直したキアラはすっかり青ざめているし、スノウも座りづらくて立ちっぱなしだ。

まだ何も話していないのに夫婦喧嘩しているようである。

なるほど、家に帰りたくない夫の気持ちとはこういうものかと感じながら、スノウは無言で寝床を整えた。手持ち無沙汰なのだ。

キアラは、それをチラチラ見ながらもリアクションをくれない。

二人を交互に見ていたルーは、何かひらめいた様子でピコンと耳を立てた。

「がーうー！」

勇ましく鳴いて、壁際に置いてある花瓶に走っていって飛びつく。

ガシャン！

倒れた花瓶は割れ、生けられていた白いジャスミンが散らばる。

「ルーちゃん！」

「ルー！」

二人はルーの元へすっ飛んでいった。

キアラが抱きかかえ、スノウが手足に怪我《けが》をしていないか確認する。

ピンク色の肉球には幸いにもかすり傷一つなかった。

「怪我はないようだ」

「よかった……！　ルーちゃん、花瓶は割れると危ないの。倒したら、め……？」

キアラはルーの鼻に人差し指を当てようとして、口にくわえられた枝に気づいた。

細い枝の先にはこぢんまりした花が集まって咲いている。

焼き菓子のように甘い芳香は、張り詰めていた空気を和らげた。

「お花が欲しかったの？」

軽く首を振ったルーは、キアラの手にジャスミンを一輪置いた。

今度はスノウの方に首を伸ばして、残りの一つを渡した。

「僕らに花を渡すために、花瓶を倒したのか……」

「うー」

ルーは、スノウのシャツの袖をくわえて口で引っ張った。

上体がキアラの方に傾《かし》いで、顔が近づき、自然と見つめ合う。

青ざめていたキアラの頬は赤く染まり、うるんだ瞳が見開かれた。

スノウの方も、久方ぶりに彼女をしっかり見た気がして、その美しさに呼吸が止まる。

初心《うぶ》な反応を見せる二人に、ルーは満足そうだ。

「がうあう！」

これがいいよ。そう言っているようだ。

「ルーちゃん、わたしたちが喧嘩しているように見えたのかしら」

「そうかもしれない。花を渡せば人間は喜ぶと祝花祭で学んで、同じようにしてくれたんだ」

少し前まで手がつけられない赤ちゃんだったのに、いつの間にか気を遣えるほど成長していた。

自分がしたいことを主張するだけではなく、周りの感情を読み取って動く。

それはコミュニケーションの第一歩だ。

スノウは、ジャスミンを胸に当ててルーの頭を撫《な》でた。

「ありがとう。僕がキアラを避けたせいで心配をかけた」

「違うわ！　わたしが呆れられるようなことをしたせいで……」

お互いに自分が悪いと謝り出したので、同時にぷっと噴き出す。

夫婦とはいえ、こんなところまで気が合うのも考えものだ。

「わたし、考えすぎていたみたい。話したいことがあったの。聞いてくれる？」

「僕も話さなければいけないと思っていた」

二人はルーを間にして、自分に起きたことを話し出した。

「火であぶるのが、秘匿の呪紋を解く鍵だったの」

現れたページには聖女の真実が残されていた。

キアラの先祖であるルクウォーツは、かつていた魔獣の番だった。

ティグレ教団に利用されそうになった彼女は、番を解除してもらって恋人と共にオブシディアへ逃げて、そこでエドウィージュ家を作ったのだ。

「わたしに魔力が宿っていたのも、ルーちゃんに選ばれたのも、そのせいだったの。彼女は子孫がギネーダへ行った時、ルーツをたどれるように手がかりを残していたんだわ」

「ルーは、キアラがルクウォーツの血筋だと分かっていて番に選んだんだな」

スノウが首を撫でてやると、ルーは嬉《うれ》しそうに喉をゴロゴロ鳴らした。

大昔にいた魔獣もルーのように愛らしかったのだろうか。

それなら、ルクウォーツだけでなく大勢の人々を魅了したはずだ。

魔法生物の求心力は、不当に富を得ようとする悪人までも呼び寄せた。

利用されるのは無念だったろう。

同じ気持ちをルーに味わわせるわけにはいかない。

スノウは廊下に視線を送った。誰もいないが、念のため声をひそめる。

「ティグレ教団は、かつてと同じようにルーを利用するつもりだ。番であるキアラをここに留めるためには僕が邪魔なんだろう。この間、門の外にルーを連れ出したことがあったが、その後、一人で外出した僕は信者に暗殺されそうになった」

「えっ!?」

キアラが仰天するのも無理はない。スノウはそんな素振り少しも見せなかった。

つくづく言葉が足りないなと自嘲する。

「魔法で勝てる相手だったが、サイファが助けてくれた。そこで、ティグレ教団が危険な団体だと教えられたんだ。オブシディアを脅かした併合反対派を覚えているか？」

「爆発物を仕掛けたり、舞踏会を襲撃しようとしたりしたテロ組織ね」

「彼らを扇動していたのがティグレ教団だ」

サイファらと対立する一大勢力として、過激な思想を持っているティグレ教団は、信者を駒のように使い捨てている。

利用価値があるうちはキアラも丁重に扱われるが、魔獣が成体となってお役御免となった後も生かされる保証はどこにもない。

彼らの思想を拒否したら、早々に始末されることだってあり得る。

キアラを外界へ連れ出す可能性があるスノウは、一刻も早く遠ざけたい存在だろう。

「一度失敗して殺すのは諦めたようだ。しかし先日ラシードに呼び出された時には、キアラと離婚するように勧められた。手切れ金と称して多額の金も用意されていた」

「酷《ひど》いわ……」

他人を勝手に離婚させようとするなんて、聖なる神官の行いとは思えない。

「それで、スノウはなんて答えたの?」

「僕らを馬鹿にするなと」

スノウもキアラも、どんな困難が訪れようとも離婚する気はない。

教会で誓いを立てた通り、死が二人を別つまで一緒にいるつもりだ。

だが、ティグレ教団はそれを妨害してくる。彼らの傲慢な目的のために。

キアラは、ルーを誰にも奪わせまいとするように抱きしめた。

「スノウはどこかに身を隠していた方がいいわ。ここにいたらまた暗殺されそうになるもの。一人だけで逃げて」

そう言われるだろうと思っていたスノウは、彼女の手を握って強く言い返した。

「君を残していけない」

キアラの手は熱い。それだけ自分の手が冷たいのだろう。

手が冷たい人は心が熱いという言葉通り、スノウの胸中には火がついていた。

愛する妻を守る決意は、油をしみ込ませた松明《たいまつ》のように燃えさかる。

「僕もここに残る。いざという時はサイファのところへ行こう」

敵対勢力である革新派に身を寄せるしか、ギネーダで身を守る手段はない。

その案にはキアラも頷《うなず》いてくれた。

「サイファ様のそばなら安全ね。その時はルーちゃんも連れていくわ。魔獣がカルベナを離れたらどうなるか分からないけれど、わたしが守ってみせる」

誇り高さを感じる顔つきは、母親のそれだ。

スノウは、キアラの背に腕を回し、抱かれたルーに問いかける。

「何があっても三人一緒だ。それでいいな、ルー？」

「がう！」

いつもならキアラに触れると怒るルーだが、今日は嬉しそうに笑ったように見えた。

わたしは、ラシード・アティファァイという神官を、天然で親切な青年だと思っていた。

しかし、スノウに言わせると、目的のためなら手段を選ばない腹黒だという。

彼が熱心にティグレ教団について調べていたのは、彼の本性を暴くためでもあった。

(ラシード様の父親は、首都にあるティグレ教団本部の神官長なのよね)

まだ若いのに発言力が強いのは、魔法生物の研究者として実績を上げているからではなく、親の七光りだった。

教団は平和に運営されているように見えるが、実は上からの圧力が強い団体で、逆らえば即座に首が飛んで家族だけでなく親類の身まで危ない。

そのため、他の神官はラシードに頭が上がらない。無謀な命令をされても従うしかない。

スノウの暗殺を命じたのもラシードだと思われるが、気づかないふりをしろと言われた。

わたしもその案には賛成だ。

(こっちが気づいていると知られたら、何をされるかわからないもの)

ルーちゃんがお昼寝している間に、聖女の本を持って部屋を出る。スノウに図書室へ返しにいってくると告げたら、くれぐれも気をつけろと心配された。

スノウは過保護だ。

わたしはスノウと違って、ルーちゃんが成獣になるまでは殺されないのに。

裏手から本館へ入り、通路を進んで図書室へ続く廊下に入った。前に通った時と同じように誰もいない。照明を点《つ》けても薄暗いので、人が寄り付かないようだ。

静謐《せいひつ》な場所にいると、自然と足音をひそめてしまうのはわたしだけだろうか。普段もそんなにうるさいわけではないけれど、音を立てると悪いことをしている気分になる。

こっそり歩いて引き戸に手をかけた時、風も吹いていないのに空気がざわめいた。

(何かしら？)

辺りを見回したわたしは、廊下の突き当たりに細かな光の粒を見た。

塵《ちり》のように浮かんだ粒子は、ルーちゃんのしっぽの周囲に見えた火の粉にそっくりだ。

光はパチパチと爆《は》ぜる火元から飛び立ったように瞬きながら、空中に立体を描き出す。

その形は、礼拝堂に飾られた守り神の像によく似ていた。

(魔獣が呼んでる)

誘われるように進んで気づく。奥の壁板は横にずれるようになっていた。

建て付けが悪いのか隙間が空いていて、向こうから明かりが漏れている。

ざわめきはその奥から聞こえていた。

(隠し部屋だわ)

光の魔獣に頷いて、わたしは隙間に目を当てる。

中は、低いテーブルが円形に置かれた会議室になっていた。

豪華なラグや金の装飾を施した家具、山渓国ギネーダの国旗など、寺院内では見かけない立派な調度品であふれていた。

座っているのは見覚えのある神官たちだ。彼らは、中央に立ったラシードに意見を述べる。

「計画はどうなっているのですか、閣下」

「魔獣に執心するよりなさるべきことがあるはずだ」

「このままではオブシディアの属国と成り果てますぞ」

紛糾する主張にも窮することもなく、ラシードはモノクルに指を当てた。

「愚かだな」

その声は低く、ぞっとするほど冷淡だった。

ふにゃふにゃした神官と同一人物とは思えない、狡猾《こうかつ》な人間がそこにいた。

「なぜ、私が新たに現れた魔獣と聖女を保護していると思っている？　あれらこそ我がティグレ教団の希望なのだ。魔獣を成長させて教団の支配下に置き、革新派が多く暮らす首都を焼き払う。野焼きされた後に生命力の強い草木が生い茂るように、焦土に乗り込んだ我々でギネーダの独立政府を起こすのだ」

突然の侵略宣言に、神官たちはわっと沸き立った。

(そんな酷いことをするつもりなの!?)

首都を焼き払えば、ティグレ教団と対立している革新派の自治政府だけでなく、何の罪もないギネーダ人を虐殺することになる。

初対面の時からやけに親切だったラシードだが、虫も殺さないような顔の裏には恐ろしい思惑があったのだ。

急いでスノウに知らせなければと、わたしは戸から顔を離した。

その拍子に、震える手から本が滑り落ちる。

ゴトン。床の上で開いたページには、聖女ルクウォーツの真実が書かれている。

慌ててかがんだわたしの前で、無情にも引き戸が開いた。

「こんにちは、キアラさん」

「あ……」

戦慄するわたしを見下ろして、ラシードが怖いくらいの笑顔を振りまいていた。

本に手を伸ばしたまま、わたしは固まる。

体が震えて、声が出せない。こめかみを伝う汗の感触だけが生々しい。

その間に、ラシードは本を取り上げて例のページを読んだ。

「聖女の真実ですか……。こんな本があるとは知りませんでした。呪紋でページを封じてあったんですねぇ」

にこやかな態度はいつもの彼だ。けれど、本性を知ってしまった後では善人には見えない。

わたしは怖気《おじけ》づく心に鞭《むち》打って立ち上がった。

「今のはどういうことですか。首都を焼き払うって……」

「さて、何のことでしょうかねぇ」

ラシードは白々しい笑顔ではぐらかした。だけど、スノウが彼らから暗殺されそうになったと知っているわたしはそんなことでは騙されない。

ふと、壁に貼られた巨大な紙が目に入った。それはギネーダの首都の地図だった。中央に大きく描かれていたのは。

「炎の……呪紋？」

揺らぐ花びらが組み合わさったような形のこれは、つけた火を大きく燃え上がらせたい時に使う。首都を燃やし尽くす意思がなければ、こんなところに刻まない。

「おや、呪紋がお分かりになるのですか。キアラさんは本当に面白い方だ」

なおも笑い続けるラシードを、わたしはキッと睨みつけた。

「あなたを見損ないました。わたしたちに協力的だったのは、ルーちゃんを使って首都に大火を起こすためだったんですね」

「……だったら、どうだと言うんですか。私たちは崇高な目的のために集まっているのです。魔獣様が顕現されたのも、今がその時だと言う神の思し召《おぼ》しでしょう」

「人を殺すのが思し召しだなんて、そんなのどうかしています！」

「何も知らないオブシディアの人間が、よくそんなことを言えますね」

ラシードの顔からふっと感情が消えた。

微笑《ほほえ》みもしない彼を見るのは初めてで、わたしの心臓がすくむ。

「今の自治政府がどんな手を使って主権を取ったか知っていますか。クーデターですよ。呪紋術師たちは当時の首長や保守派の有力者の家に押し入り、当人だけでなく家族や使用人まで一人残らず殺したのです。革新派のせいで私たちの仲間は大勢死にました」

「そ、それはクーデターを起こされるような政府だったからでしょう。女性への差別や教団の圧力のせいで国民が苦しんでいたと聞きました。革新派が悪者だったら、女王陛下がオブシディアへの併合を認めるはずがありません！」

「あなたたちは併合と言いますが、我々にとっては侵略と変わりません。革新派はギネーダを外国に売った裏切り者です。彼らから自分の国を取り戻そうとして何が悪いのですか？　私たちは、やられたことをやり返そうとしているだけですよ」

開き直られて、わたしは何も言えなくなった。

国を変えるための犠牲が正当だとは思えないし、殺されたからやり返すのも間違いだ。

でも、そう言えるのはわたしが部外者だから。

実際に家族や友達を失った人の気持ちになったら、止められないかもしれない。

かけがえのない人の命を奪われたら――スノウに何かあったら、わたしだって復讐《ふくしゅう》を考えてしまうだろう。

「だからね、キアラさん。私たちの邪魔をしないでほしいんですよ」

ラシードはわたしの手をぐいっと引いて、隠し部屋の中に投げ入れた。

「きゃっ」

倒れたわたしに、神官たちの憎悪の視線が突き刺さった。

「閣下、この者をどうされますか？」

「殺します。計画が漏れる前に」

ひゅっと喉が鳴った。

ルーちゃんが成長するまでは安全だと思っていたけれど、読みが外れた。

首都の焼き討ち計画を聞かれては、さすがに生かしておけないのだろう。

冷酷なラシードに、いつも食事を運んできてくれる神官が意見した。

「その女は魔獣の番です。成体まで育てる役目が残っています。そのために我々は嫌々ながら世話をしていたんですよ」

「見目の似た別の女をあてがえばいい。魔獣の方も介助がなければ生活できないのだから、この女が死んだら諦めて別の人間を番にするはずだ。そのために、死体は骨も残さずに処分しなければならないな……」

何かを思いついた顔で、ラシードは棚にしまっていた試験管を取り出した。

コルクで栓をした中には、サラサラした緑色の液体が入れられている。

「ちょうどいい。研究対象に食べさせてやろう」

栓を抜いて逆さにすると、液体は床に落ちてびしゃっと広がった。

と思ったら一カ所に集まって、そこからミシミシと大きな葉を伸ばす。中央から伸びる太い茎の先には赤いつぼみがついた。つぼみは、熱したガラスに息を吹き込んだように膨らんでいき、やがて丸みのある花びらを五つ開かせる。

見た目は巨大なハイビスカスだ。

花芯に、肉食獣のような鋭い牙が生えている以外は。

「これは……」

「カルベナに自生する食虫植物に、土の魔法元素を配合して作った人工の肉食植物です。豚くらいなら噛《か》み砕くので、人間でも試したいと思っていたんですよ。やれ」

ラシードが淡々と命令する。

開いた口からよだれを垂らしていた花は、茎をしならせながらわたしに襲いかかった。

「きゃあああ！」

身をかがめて悲鳴を上げる。

もう終わりだ。わたしはぐちゃぐちゃに噛み砕かれて、肉食植物の養分にされてしまうのだ。

絶望したその時、わたしの前に小さな白い獣が飛び出した。

「がおおおおおっ！」

お昼寝しているはずのルーちゃんだった。

額の宝石から赤い閃光《せんこう》が照射されて、花は驚いたようによろめいた。

赤い光はルーちゃんを包み、パチッと爆ぜて火の粉をまき散らす。

炎のように激しさを増す光の奥から、白い前足が踏み出した。

次に頭が、たくましい胴が、後ろ足に少し遅れて炎が灯《とも》ったしっぽが出てくる。

わたしはその姿を見上げて息をのんだ。

現れたのは巨大な白虎だった。

しなやかな体は夏の草原を思わせる美しい毛並みで覆われていて、ひれ伏してしまいそうな勇ましい顔つきをしている。こんな獣は見覚えがない。

けれど、額にある赤い宝石は――。

「ルーちゃん？」

白虎は振り向いて「がう」と鳴いた。声は低いが、鳴き方でルーちゃんだと分かった。

それに、体が大きくなってもわたしを見る瞳は変わらない。

（わたしを助けに来てくれたんだわ）

感動に包まれるわたしに寄り添って、ルーちゃんは花を一睨《ひとにら》みする。

魔獣の迫力が伝わったのか、花は体をくねらせて二の足を踏んだ。

「一瞬で成獣になった！　これで奴らに目にもの見せられるぞ!!」

花の後方で笑うラシードは、正気を失っていて劣勢に気づいていない。

（ううん。わたしと出会う前からおかしくなっていたんだわ）

ラシードにとっては、神官の立場も魔法生物の研究も、そして祈りを捧《ささ》げてきた守り神さえも、自らの欲望を叶《かな》えるための手段でしかなかった。

信仰心なんてあったものではない。

「キアラ！」

廊下からスノウが駆け込んできた。

彼は成長したルーちゃんとわたし、おぞましい肉食植物と逃げ惑う神官を見て、瞬時にわたしたちの頭上に魔方陣を展開した。

氷のブロックが次々に落ちてきて、あっという間に身を守る壁ができる。

ブロックを天井まで積み上げたスノウは、わたしのそばにかがんだ。

「ルーが昼寝から飛び起きて走り出したんだ。そうでなければ、キアラが危ないと気づけなかった」

「助けてくれてありがとう、ルーちゃん」

腕を広げると、ルーちゃんは赤ちゃんの時みたいにわたしにすり寄ろうとした。けれど、大きい体では腕の中に収まりきらない。結局、顔だけ肩先に押しつけてきた。

わたしは、もふもふした毛並みに指を入れて、大きな顔を抱きしめる。

成長が嬉しくて涙が出そうになるけれど、今はそれどころじゃない。

「スノウ、ティグレ教団の目的が分かったわ。彼らは魔獣でギネーダの首都を焼き払って、政権奪還しようとしていたの」

「魔獣に固執していたのはそれが理由か。サイファたちを始末して独立政府を起こし、ギネーダ全土を人質にすればオブシディアもうかつに手を出せなくなる」

スノウが施した防護魔法は対外的な侵略は防げるが、内部での破壊行動には発動しない。

もしも首都が乗っ取られれば、オブシディアとの軍事衝突は避けられない。

ギネーダは文字通り、血で血を洗うような悲惨な状態になるだろう。

これまでわたしは、併合に反対していた人々の憤りに寄り添いたいと思っていた。

しかし、彼らが行おうとしている報復には大きな犠牲が付きまとう。

「ギネーダのためにも、ここで彼らを止めなきゃいけないわ」

わたしの言葉に、スノウとルーちゃんは頷いた。

「僕が神官たちを捕らえる。あの魔法生物は……」

ガツン、ガツンと金づちを振るうような衝撃が氷を伝った。

見れば、花が氷の壁を崩そうと体当たりしている。

「がおっ！」

勇ましくルーちゃんが鳴いた。あいつは任せろ、そう言っている。

「頼むぞ、ルー。氷の壁を溶かす。キアラは僕の後ろに隠れていろ」

「ええ」

立ち上がったスノウは、背中にわたしが引っ付くのを合図に氷を溶かした。

どろっとブロックが溶けて、周囲の熱い空気が流れ込んでくる。ぽたぽたと滝のように落ちる水滴をくぐり抜けて、花は顔を突っ込んできた。

「がおおおお！」

ルーちゃんの口から真っ赤な炎が噴き出した。

花は一瞬で焼き尽くされる。のみならず、荒ぶった炎は神官たちまでも襲った。彼らはパニックになるが、突如として降ってきた大粒の雨に助けられる。

室内にゲリラ豪雨を降らせたのはスノウだ。

「お前たちがやろうとしていた焼き払いは、こんなものではすまないぞ」

スノウは神官を魔法の縄で縛っていった。

抵抗もせずに大人しいと思ったら、彼らはルーちゃんの迫力にのまれていた。

相手は守り神と同じ姿をした魔獣だ。神々しくも勇ましい姿に盾つくのは難しい。

そういう意味では、彼らの信仰心は本物だったということだ。

（そういえば、ラシードはどこへ……）

部屋を見回していたら、急に首の後ろを引っ張られて、首に小刀を突き当てられていた。

「な……」

後ろから腕を回してわたしを拘束したのはラシードだった。

「この女を殺されたくなければ言うことを聞け！」

唾を飛ばすラシードを目にして、スノウは杖《つえ》を下ろした。

下手に刺激すると人質となったわたしの命が危ない。

ルーちゃんは怒り心頭で炎を吹きそうになったが、それも腕をかざして止める。

「こらえろ、ルー」

赤ちゃんの時であれば炎を吹いてもシャツを焦がすだけで済んだ。しかし成体になったルーちゃんは、見上げる大きさの肉食植物を一瞬で灰にするほどの炎を放つ。

この寺院を燃えカスにしないために、魔獣の力は頼れない。

黙るスノウに、ラシードは声高に命令する。

「神官の縄を解け。そして、その魔獣を抵抗できない状態にして私に渡せ」

「スノウ、それだけはだめ！」

ルーちゃんと引き換えに自分が自由になっても嬉しくない。

手のかかる時から面倒を見てきたルーちゃんは、種族が違っても、言葉が通じなくても、わたしの大切な子どもなのだ。

「あなたにルーちゃんは渡さない！」

わたしはラシードの腕から逃れようと暴れた。

たとえ首が切れて死んでしまったって、ルーちゃんを奪われる痛みに比べたら蚊に刺されたようなものだ。

「静かにしろ！」

がむしゃらに動くわたしを、ラシードは力ずくで押さえ込もうとする。

力んだせいで小刀が滑り、首筋に刻まれた炎の呪紋が切れた。

つうっと垂れた血液はマグマのように熱くて、わたしを現実に連れ戻す。

(なに、これ)

「キアラ！」

スノウがわたしを取り返そうと腕を伸ばした。

その指が届く前に血液が弾《はじ》けて、わたしはゴウッと燃え上がった。

「っ」

「ぎゃあああ！」

炎に巻き込まれたラシードは、ぱっと小刀を離して床を転がる。

服に燃え移った火はなんとか消せたが、彼の長い髪や肌の一部は焦げていた。

一方、燃えているわたしは少しも熱さを感じなかった。

「どうなっているの？」

炎に包まれた体を見下ろす。腕や髪に触れてみるが異常はない。服も無事だ。

周囲全てを焼き尽くすような激しい炎の中にいるのに……。

困惑した顔でスノウを見ると、彼はけげんな顔つきでわたしの首筋を注視していた。

「炎の呪紋が光っている。キアラの危機を察して守ったんだ」

独占欲の表れだと思っていた呪紋は、番を奪われないための奥の手だった。いざという時の種火がついていたから、お腹《なか》の奥が温かかったのだ。

いつかみたいにルーちゃんが炎をくぐり抜けて、ぺろっと首の傷を舐《な》めた。

たちまち炎は収まって傷も塞がった。

「ルーちゃんには助けられてばかりね」

安堵《あんど》するわたしの前でお座りしたルーちゃんは、しっぽを左右に振った。

スノウは、火傷《やけど》に苦しむラシードに水を浴びせかけて冷やしてやる。

「観念しろ、ラシード。ルーもキアラも、お前のものにはならない」

「馬鹿な……」

息も絶え絶えに、ラシードは焼けただれた顔を上げた。

満身創痍《そうい》の肉体とは裏腹に、歪《ゆが》んだモノクルの奥は地獄から這《は》い出てきた亡者のように爛々《らんらん》としていた。

「魔獣は私のものだ。その魔獣を使って、ギネーダを、あの得体の知れない呪紋術師から取り返してやるのだ……」

「すみませんね。得体が知れなくて」

割り込んできた声に、わたしははっとした。

廊下にサイファが立っていて、その後ろにはギネーダの自治警察がずらりと連なっていた。

「ティグレ教団の自治政府転覆計画は、この耳でたしかに聞かせてもらいました」

サイファは、耳の裏に刻んだ呪紋を指でとんとんと叩《たた》いた。

(あれは音を集める呪紋だわ)

キツツキを図案化したこれは、木の幹に開けた穴のように音を筒抜けにする。

一般的には、隣室の声を聞き取りやすくする程度の効果しかない。遠く離れたところから会話を聞くには、サイファのような卓越した才能が必要だ。

彼は傭兵《ようへい》に成り代わって施設に侵入した時、さまざまな場所にこれを刻みつけていた。

言い逃れできないラシードと神官たちに、サイファは首長らしく言い放った。

「首都の焼き討ちを画策したティグレ教団に解散を命じます。連れていきなさい」

警察が部屋に雪崩《なだ》れ込み、縛られていた神官を連れ出していく。

担架に乗せられたラシードは、恨めしそうな顔でルーちゃんを見つめた。

「守り神のくせに、なぜ私を助けてくれなかった……！」

きょとんとするルーちゃんを抱き寄せたわたしは、丸い耳を手で折り畳んで塞いだ。

こんな一方的で酷い言葉を聞かせたくない。

「ティグレ教団が破滅したのはあなたのせいだわ。神様は人を殺すためにいるんじゃない。人に寄り添うためにいるのよ」

ルーちゃんは人を傷つけるために炎を吹いたことは一度もない。

スノウは一度も火傷しなかったし、部屋にやってきた神官に牙をむいたこともなかった。

かつての守り神がルクウォーツのために番を解消したように、ルーちゃんも無意識に人を思いやっている。

魔獣ほど平和に相応《ふさわ》しい生物はいない。

それを崇《あが》めるティグレ教団には、富や報復のためではなく、人々を幸せにするために存在してほしかった。

「ルーちゃんはたくさんの人を救ったわ。あなたに手を貸さないことでね」

「くそっ」

ラシードは悔しそうに歯を食いしばった。

重度の火傷を負っているのでそれ以上は動けず、大人しく担架で運ばれていく。

神官たちの姿が見えなくなったら、わたしの足は急に震え出した。

「あ、れ？」

体から力が抜けて立っていられない。

座り込んだわたしのそばにスノウが膝をついた。

「ショックが遅れてきたんだ。恐ろしい思いをした人間はこうなる」

「そう、ね。怖かったんだわ……」

ラシードに刃を突きつけられた時は頭に血が上っていて、ルーちゃんを守るためなら自分の命を投げ出してもいいと思えた。

我に返って、どれだけ危なかったのか思い知る。

まかり間違えば本当に死んでいた。

スノウにもう触れられなかったかもしれない。そう思ったら、瞳から涙がこぼれ出した。

「わたし、生きてるのよね。本当に」

ぼろぼろと情けなく泣くわたしを、スノウは黙って抱き返してくれた。

冷たい手の平で、混乱した頭を、曲がった背を、震える腕を、順番に撫でていく。

それはまるで、くしゃくしゃに潰れたわたしを再び作っていくようだった。

「ほら、ちゃんと触れられる。キアラはここにいる」

「うん……うん」

いつくしむ声に何度も何度も頷く。

わたしにキアラという形を与えてくれるスノウは神様みたいだ。

体に寄り添って、心を癒《いや》して、魔法では起こせない奇跡を起こしてくれる。

彼の愛情に浸っていたら、ルーちゃんがだるそうに鳴いた。

「がー」

見れば、ルーちゃんの宝石がピカピカと点滅していた。

「ルーちゃん、どうしたの？」

「がうー」

返事にはさっきまでの元気がない。いかっていた肩は下がり、目は半分閉じて辛《つら》そうだ。

点滅は速まり、風船がしぼむように体が縮んでいく。

「ルーちゃんっ」

しゅるしゅると小さくなっていったルーちゃんは、なんと元の大きさに戻ってしまった。

しっぽの炎も消えて、見た目はただの子虎だ。

劇的な変貌に、わたしは目をぱちくりさせた。

「赤ちゃんに戻っちゃった！」

小さくなったことに気づいたルーちゃんは、大喜びでわたしの膝に飛び乗って頭をぐりぐり押しつけてくる。

先ほど顕現した魔獣と同じだとは思えない甘えん坊だ。

「せっかく大きくなったと思ったのに……」

「キアラを守るために成長して、力が尽きたら小さくなった。成獣になるかどうかは、年月や育て方ではなくて当人の意思で決まるのか」

「そうだったの？」

ルーちゃんのさじ加減で成長できるとは驚きだ。

わたしは、ルーちゃんの脇の下に手を入れて、くりくりした瞳に視線を合わせた。

「ルーちゃん。もう一度、大人になってくれない？」

「うあうあ」

イヤイヤと首を振る動きに合わせて、ぷらーんと伸びた体が揺れる。

今度はスノウが、もっちりしたお尻を片手で支えてルーちゃんを抱き寄せた。

「では、そのままの姿でいいからキアラの番を解消してくれ」

「うあうあ」

「……もうすぐおやつの時間だが、食べるか？」

「がう！」

「成獣になるのは？」

「うあうあ」

禅問答みたいなやりとりを眺めていたわたしは気づいた。

スノウとルーちゃんの会話が成立している。

「わたしたちの言葉が分かるのね」

スノウと手分けする時も自分の役割をしっかり理解していたし、案外きちんと話せば理解してくれるのではないだろうか。

それならばと、わたしは三日月みたいに背をそらすルーちゃんの前足を握った。

「ルーちゃん、聞いて。わたしが番を解消してほしいのは、ルクウォーツみたいにギネーダを逃げ出したいからではないの。わたしにはもうスノウっていう番がいるからなのよ」

ルーちゃんは、長いまつ毛をしぱしぱさせて首を傾げる。

「うおう、ちゅち?」

「そう、ママと父は人間同士の番なの。だから、わたしはルーちゃんの番にはなれないのよ」

「あーうー」

ルーちゃんは悲しそうに目を伏せた。

しっぽは力なく垂れ下がり、耳も寝てしまう。

しょんぼりされると心が痛むけれど、理解してもらわなければいけない。

スノウを差し置いて、ルーちゃんのパートナーにはなれないんだって。

わたしは、スノウと心から愛し合えた時の、星の川からたった一つの宝石を見つけたような瞬く喜びを覚えている。

ルーちゃんがわたしを見つけた時も、同じような気持ちになっただろう。

だから、きっと分かってもらえる。

「でも、わたしはルーちゃんのことも大好きよ。これからも三人で一緒にいたいの。ねえ、スノウ。ルーちゃんを連れて帰っちゃだめかしら？」

「オブシディアへか」

スノウは考えもしなかったという表情で、指示を飛ばしていたサイファを振り返った。

「ギネーダ在来の魔法生物について、自治政府での取り決めは？」

「移動させて危険がない生物であれば、オブシディア魔法立国に限り持ち出し可能です。ただし、どこで育てるかは登録してもらいますよ」

法律上の問題はないようだ。

セレスティアル公爵邸は屋敷も広いし、敷地内には森や池もある。使用人は全てブリキ人形で、顔見知りの数名しか訪ねてこない安全地帯だ。

カルベナほど魔法元素が豊富ではないものの、伸び伸びとルーちゃんを育てられる。

もしもルーちゃんが来てくれたら、屋敷は今よりずっと賑《にぎ》やかになるだろう。

「ルー。僕たちとオブシディアに行って、一緒に暮らそう。番ではなく家族として」

スノウが家に迎え入れたいと伝えると、ルーちゃんは目を閉じて考え込んでしまった。

（ルーちゃん、お願い）

わたしも心の中で願う。すると、ぱっと目蓋が開いた。

「がう！」

額の宝石がきらめいて、わたしの首筋にある呪紋がカッと熱くなった。

呪紋はオレンジ色に輝いて、パチパチと爆ぜながら肌を離れ、火の粉となって宙へ舞い上がる。

「あ……」

なぜか寂しさが湧き上がって、わたしは戸惑う。

(番にしてもらえて本当は嬉しかったのかも)

ルクウォーツは恋人と逃げることを選んだけれど、本当は魔獣と離れたくなかった。

そうでなければ、子孫に魔獣と共にいた印を伝えないはずだ。

何世代も超えて、ルクウォーツは魔獣への愛を証明した。

(そして、今度はわたしが)

種族を超えて家族になることで、彼女が生きたかった人生を送ってみせる。

鏡がないのでスノウに首筋を確認してもらう。

「どう？」

「呪紋が消えている。番解消だ」

「がうがうあ？」

これでいい、と尋ねられたわたしは笑顔で答える。

「ありがとう。これからもよろしくね、ルーちゃん！」

改めて家族になったわたしたちを、サイファは遠くから見守っていた。

千年生きてやっと人間に戻った大魔法使いと、その呪いを解いたただの少女、そして伝説上の存在だった魔獣。

誰一人として近しい者のいないデコボコだ。

しかし、ふわふわと漂う火の粉に囲まれた三人は、種族は違えどちゃんと家族に見えた。

エピローグ

『旦那様、本日のリボンはどちらにされますか？』

執事のノートンが別珍を張った台に並べてきたのは、青、水色、白という三色の幅広リボンだった。スノウが普段つけているリボンタイとは長さが違う。

すっかり支度を整えて椅子に腰かけていたスノウは、窓の向こうを見て思案した。

わずかに雲が浮かんだ晴天だ。この天気であれば初冬といえども雪は降らない。

人間であればケープかコートが必要だが、相手は自前の毛皮の持ち主で、しかも白い。

「これにする」

選んだ水色のサテンリボンには、セレスティアル公爵家の紋章が刺繍《ししゅう》されている。

新婚旅行から帰ってきた後、新しい食器や寝具と一緒に用意させたものだ。

『よいお色でございますね。お坊ちゃまにお似合いになります。さすがは奥様のお見立てです』

セレスティアル公爵家の使用人はみんな、ルーを〝お坊ちゃま〟と呼ぶ。

主人の帰還が遅くなってもうろたえずに家を維持し続けた執事は、お世辞も堪能だ。

スノウは席を立って一階の庭に面した部屋へ向かった。

炎のレリーフがついた扉を開けると、妻の楽しそうな笑い声が聞こえる。

「そんなに転がったら、またアンナにブラッシングされちゃうわよ?」

「あーう」

ソファに座ったキアラの足下では、ルーが古い猫のぬいぐるみにじゃれついて遊んでいた。

キアラは清楚《せいそ》なドレスを身につけて、セットした髪に氷の結晶のようなヘアピースを挿している。ちょうど持ってきたリボンと同系色の装いだ。

「ルー、出かける準備だ」

スノウは、転がるルーを抱き上げてキアラの隣に座り、逆立った毛並みを撫《な》でて整えた。

「支度を終えてから遊ばれては困る」

「怒らないであげて。まだ子どもなんだもの」

我が妻は子どもに弱い。

ため息を漏らして、スノウはルーの首にリボンを巻いた。

普段は邪魔にならない小さな首飾りをつけているが、お出かけの際は特別だ。

セレスティアル公爵家の一員として、格式ある装いをさせるのは義務だとスノウは思っているが、キアラは単純に着飾らせるのが楽しいようだ。

今も、リボンを巻いただけなのに「世界一可愛《かわい》い」と大騒ぎするので、控えていたメイドたちが笑っている。

「そろそろ出ないと、約束の時間に間に合わなくなる」

スノウが立ち上がると、ノートンが濃紺のローブを着せた。

キアラにはケープと帽子が被《かぶ》せられ、ルーにはおくるみを入れた籠が用意される。

三人で公爵家の馬車に乗り込むと、使用人は総勢で送り出した。

キアラの膝に乗ったルーは、車窓に張り付いて流れる街の景色を眺めている。

目に映る全てを吸収して、また一つ成長していくルーの姿を見ていると、スノウは誇らしい気持ちになった。

「よく来たな、スノウリー！　キアラも息災そうだな！」

宮殿の謁見室にやってきたクラウディア女王は、久しぶりに見るわたしたちを前にして、自慢の上腕二頭筋を膨らませて喜んだ。

後ろに連なるラグリオが、この脳筋もはや手遅れだ……と悲痛な顔で首を振っている。

噂《うわさ》によると、今年も雪山に登ってクマと対決する訓練があり、現在は魔法騎士団と最後の体力づくりに取り組んでいるらしい。

スノウは、女王のがなり声で一気に不機嫌になった。

「ここは運動場ではないんだが」

「落ち着いて。女王陛下、拝謁できて光栄です。さっそくですがこちらがお土産です！」

失礼なスノウを注意して、わたしは今日の目的に移った。

従者に運んでもらったワゴンには、おいしいと有名な蜂蜜酒や山菜のオイル漬け、長生きを願う呪紋《じゅもん》を入れた反物など、新婚旅行先で買ってきたお土産がわんさかのっている。

宮殿までやってきたのはこれを渡すためだった。

玉座に腰かけた女王は、土産のお礼を述べてすぐにわたしの腕の中に目を向けた。

「サイファから報告は受けていたよ。その子虎が魔獣かい？　魔法生物というからどんな凶悪な獣かと思っていたのに、ずいぶんと可愛らしいじゃないか」

「ルーちゃんは可愛いだけじゃなく、とってもいい子なんですよ。言葉も理解しています」

わたしとスノウは、カルベナで起きたことを伝える。

女王とラグリオは、驚いたり笑ったり固唾《かたず》をのんだりした。

魔獣との出会いと育児に始まり、家に伝わる歌や紋章のルーツを突き止め、保守派の陰謀を打倒し……とジェットコースターのように緩急が激しい話だったので無理もない。

最後の、ルーちゃんを家族に迎え入れると決めた辺りでは、二人ともあんぐりと口を開けていた。

混乱したラグリオは、職務中だということを忘れて頭を抱える。

「ってことはなんだ？　新婚旅行に行って、子連れで帰ってきちゃったってことかよ？」

「ああ。僕はルーの父になった」

「わたしはママです」

大真面目に答えると、次は自分の番だと察したルーちゃんがぴょこんと耳を立てる。

「ちゅち、まあま、うー！」

「話せるなんて偉いな！　だけどさ、お前らの適応力どうなってんの～!?」

おどけつつも受け入れようとするラグリオに対して、女王の表情は険しい。

「その魔獣は、ギネーダの保守派にとっての起爆剤だ。ティグレ教団を解散させたとて、内乱を起こそうと画策する者はこれからも出てくるだろう。そやつらは魔獣を手に入れようとするかもしれんぞ」

ティグレ教団の信者はギネーダ全土にいる。

ほとんどは解散命令に従ったというが、一部で暴動もあったらしい。

枠組みによって成り立っていた思想は、枠がなくなれば消えていくか飛躍するかのどちらかだ。ラシードのように悪意を持って魔獣を求める人間が現れないとは言えない。

それで危険な目にあうのは、ルーちゃんを引き入れたセレスティアル公爵家だ。

なぜ睨《にら》まれているのか分からずきょとんとするルーちゃんを、わたしはぎゅっと抱きしめた。

「いつか誰かが魔獣をさらいにやってくるかもしれません。わたしたちは、それを理解した上でセレスティアル公爵家に迎え入れました。カルベナで育てるうちに、ルーちゃんを我が子と思えるようになったからです」

「子どもか……」

女王は感じ入った様子で目を伏せた。

彼女には五人の子どもがいるので重く響いたようだ。

「我が子が危険な目にあうと知って、放り出す親がどこにいますか。わたしも、スノウも、この子が大切です。奪いに来ても守ります。絶対に」

強く、強く、覚悟を伝える。

女王は、ほうと感心した後で、膝を打って笑い出した。

「その意気、さすが魔獣の母だ！　保守派のあれこれは、併合を決めたアタシも無関係とは言えないね。セレスティアル公爵家を守るために力を尽くそう。長らくスノウの後見人だったアタシは、その子のおばみたいなもんだよ。さあ撫でさせな！」

「いやいや、それが目的で許しましたよね！」

晴れやかな笑顔で両腕を広げる女王に、ラグリオは威勢よくつっこんだ。

「ルーちゃん、仲良くしてあげてね」

女王の膝にそっと乗せる。

女王は動物好きらしく、丁寧にすいた毛並みをもみくちゃにしてご満悦だ。

ルーちゃんの方も可愛がられているのが分かるのか、喉を鳴らして喜んでいた。

「いい子じゃないか。ギネーダに行ったセレスティアル公爵夫妻が、子宝に恵まれたと広めておかねばな。カルベナはどうだった？」

「とってもいいところでした。開発されたばかりで、火山湖も綺麗《きれい》で――」

話が盛り上がっている間に、ラグリオが自分も撫でたいとこっそり手を伸ばした。

触られる直前でそれに気づいたルーちゃんは、目をキランと光らせて吠《ほ》える。

「がお！」

「火ぃーっ⁉」

吹き出された炎に飛びのいたラグリオは、わなわなと震えた。

「あっぶねえ！　ってか、なんでオレは撫でちゃだめなんですか。女王陛下だけずるい！」

「お前が怒られたのは、アタシの目を盗んでもふもふしようとしたからだよ。ルー、次はしっかり仕留めな」

「がう！」

スパルタ教育が進んでいくので、わたしはクスクス笑ってしまった。

スノウは茶番じみた三人を眺めながら、ぼそっと呟《つぶや》く。

「ならず者が何人来ようと、僕が守るに決まっているだろう。そろそろ行くぞ」

さっさと女王からルーちゃんを取り上げるスノウ。

ブーブーと不満を表す女王に、わたしは丁寧に謝った。

「申し訳ありません。これから写真館に行くんです。家族写真を撮ろうと思いまして」

「それはいいことだ。撮ったらアタシにも見せておくれ」

「はい！」

「がう！」

わたしとルーちゃんの返事が重なった。

その日に撮った写真は、真っ白い額に入れて玄関ホールに飾られることになった。

椅子に座ったわたしに抱かれるルーちゃんと、わたしの肩に手を当てて寄り添うスノウ。

セレスティアル公爵家の最初の家族写真は、明るく幸せな雰囲気に満ちていた。


その後、オブシディア魔法立国ではギネーダへの新婚旅行が流行した。

セレスティアル公爵夫妻が赴き、可愛い我が子を授かってきたと女王が喧伝《けんでん》したせいだ。

魔竜退治で爆発的に人気者になったスノウが行ったという話題性もあって、カルベナには観光客が押し寄せた。

後に、人々をさばくのが大変だったとサイファは語っている。

ティグレ教団に伝わっていた魔獣と聖女のお話は、政治的な意図で抹消された。

そうしてほしいとわたしがお願いしたのだ。

ルクウォーツも魔獣も、今さら見世物にはなりたくないと思うから。
わたしたちが子虎と暮らしているという噂が社交界に広まるのは、もう少し先のお話。

《了》

番外編

The Wizard of Many Orders 2

番外編① 初めての迷子

わたしとスノウとルーちゃんの三人で家族写真を撮った日から七日目の夜。

王都ノワーナには初雪が降った。

朝にはやんでいたけれど、セレスティアル公爵邸の前庭が真っ白く染まるくらいには積もっていたので、起きて外を見たわたしは不安になった。

(ルーちゃんは大丈夫かしら)

一年を通して温暖なカルベナと、四季がはっきりしたノワーナでは気候がまるで違う。

屋敷の中にはスノウの空調魔法が効いているが、暖炉の火の分を加味した温度設定になっている。火は毎晩消しているから明け方は結構冷えるのだ。

魔獣といえど赤ちゃんのルーちゃんは、寒さを強く感じているはずである。

動きやすい紺色のドレスに着替えたわたしは、アンナに毛布を持ってもらって一階に設けたルーちゃんの部屋に向かった。

ルーちゃんの部屋には、いつ炎を吹いてもいいようにスノウが新たに編み出した防火の魔方陣を仕込んでいる。壁や床だけでなくクッションなど燃えやすい物にも引火しないので、ここでなら魔獣を遊ばせても安全安心だ。

　炎のレリーフがついた扉を開けると、庭に面した窓に向かって子虎がぴょんぴょん跳ねていた。朝日を受けて鮮やかな赤色に光る額の宝石が、白い毛並みの中で映える。

「ルーちゃん、おはよう」

「がう！」

　わたしに気づいたルーちゃんは、短い足で駆け寄ってきてドレスの端をくわえた。ぐいっと引っ張って連れて行かれた先は庭に出るガラス戸だ。

　ルーちゃんは、飾り格子のついたガラスに前足をトンとつけてわたしを見上げる。

「がうがあう」

「お外に行きたいの？」

　ルーちゃんは外遊びがお気に入りだ。ボールを蹴り合ったりかけっこしたり、針葉樹の林や七色に輝く池の方まで散歩に行ったりと自由に遊べるから。

　でも、雪を見ても行きたがるとは意外だった。

　スノウの魔法で見慣れているとはいえ、ルーちゃんは火の魔法元素から生まれているから冷たいものを嫌いそうなのに。

（もふもふだから寒さに強いのかしら？）

　一応お外は寒いわよと説明したが、それでも諦めなかったので食後に遊ぶ約束をした。

朝ごはんを食べさせて、仕立て屋から届いたばかりの白いケープを着せる。紺色のリボンを結んだら、わたしも厚手のコートを着込んで庭に出た。

「雪はほとんど消えちゃったわね」

芝生を覆っていた白い結晶は溶けて、花を付けたカメリアの枝や天使の彫像の上にわずかに残っているだけだ。

ルーちゃんはそれすら嬉《うれ》しそうで、冷たい欠片《かけら》に触れてはきゃいきゃいと喜ぶ。

寒さを心配していたわたしは元気な様子にほっとした。

(そういえば、スノウの攻撃も平気だったわね)

屋敷の三階の、左から数えて七つ目の窓を見つめる。

あそこはスノウの書斎だ。

今日は仕事がお休みの日。しかし彼は、新婚旅行先から帰ってこられなかった間にたまった仕事を片付けるため、せっせと徹夜していた。

真夜中に夜食は作って持っていったけれど、そろそろ軽食を運んで休憩をうながした方がいいかもしれない。

わたしは、毛布を腕にかけて控えていたアンナを呼んだ。

「スノウに朝ごはんを用意してくれる？　疲れていると思うから、ふわふわのバターロールとコンソメスープみたいな軽いものがいいわ。サラダは温野菜にして、ゆでたまごをつけてね。

あと、熱々の紅茶も忘れないで」

『──承知しました。……奥様』

ギギギッと体を軋《きし》ませて踵《きびす》を返そうとしたアンナは、何かに気づいたような間をもって、表情の乏しい顔を彫像の方に向けた。

『──お坊ちゃまの姿が見えません──』

「えっ⁉」

振り返った先にルーちゃんはいなかった。さっきまでカメリアの枝を揺らしては、落ちてきた花を彫像の前に運ぶ遊びをしていたのに。

「ルーちゃん、どこ？」

呼びかけても返事はない。辺りを見回すが、ぶんぶん振れるしっぽも見えなかった。

彫像の前には小さな足跡が付いていた。

痕跡をたどっていくと、スノードロップの咲いた野原へと続き、煉瓦《レンガ》敷きの馬車道に突き当たって追えなくなる。

「一人でどこに行っちゃったのかしら」

「キアラ？」

不安がるわたしを、スノウが後ろからのぞき込んだ。

昨日の夜と同じシャツに厚手のカーディガンを羽織っている。

高貴な雰囲気のある美貌には徹夜明けの疲れが見えるけれど、セレストブルーの瞳は今起きたばかりのように瑞々《みずみず》しくわたしを映していた。

「スノウ、どうしてここに？」

「書斎の窓から歩き回る君の姿が見えた。ルーはどこだ？」

「いなくなっちゃったの。アンナと話している隙に一人で歩いていってしまったみたい。林で怪我をしたり池で溺れたりしたら大変だわ。急いで探さないと！」

駆け出しそうとしたわたしは、腕をくんと引かれた。

「待て。こちらの方が早い」

スノウは懐から取り出した杖《つえ》を振るって、たくさんの鼠《ねずみ》とおなじみの鷹《たか》を出現させた。

「敷地内にいるルーを探し出せ。見つけたら僕のところまで連れてこい」

スノウに命じられた鼠は細い尾をひらめかせて四方に走っていった。馬車道をたどる者もいれば野原をくまなく駆け回る者、木々に登って枝の先まで確認する者もいた。

鷹はスノウの腕から高く舞い上がり、大きな翼を広げて風に乗りながら地上に鋭い目を向ける。

「これで見つけられるはずだ。ここは寒いから、キアラは屋敷に戻っていろ」

「でも」

妙に胸がざわついて、わたしはその場から動けなかった。

スノウが手を尽くしているのだから絶対に見つかるはずだ。

（それなのに、ルーちゃんと二度と会えないような気がするのはなぜ？）

わたしは震える手でスノウの手に触れた。

「わたしもここにいたいわ。ルーちゃんが見つかったら一番に抱きしめてあげたいの。スノウこそ、こんな服装でいたら風邪を引いちゃうわ。戻っていて」

「……アンナ、その毛布を貸してくれ」

毛布を受け取ったスノウは、わたしに近付いて毛布を広げた。

「わ」

広げられた毛布は、わたしとスノウの肩にかかる。一枚を二人で被《かぶ》っている格好だ。

包み込むように抱きしめられたせいで距離が近い。

感じるスノウの体温は、思っていたより高かった。

「大丈夫だ。すぐに見つかる」

「うん……」

こくりと頷《うなず》くと、スノウはわたしの頬《ほお》に小さなキスをして励ましてくれた。


キアラが目を離した時、ルーは枝から落ちてきた花を彫像の下に集めるのにはまっていた。

目標は、彫像の土台を覆いつくして花の山を作ることだ。

カメリアの木に戻る途中で、鼻先をかすめた雪虫に気を取られた。体が綿のような体毛に覆われていて、スノウが魔法で出す雪のようだ。

捕まえたい！

遠ざかっていく雪虫を追いかけて、白い花の咲いた草の間を通り、煉瓦でできた硬い道を進んでいくと、銀色の門にたどり着いた。

『ビー、ビー、オデカケデスカ』

ボタンの目を持つブリキの門番が現れたので、ルーはびくっと驚いた。

「うー！」

牙を見せて威嚇するが門番は少しもひるまない。ルーのケープに刺繍《ししゅう》されていたセレスティアル公爵家の家紋を確かめると、『ゴウカク』と目を光らせた。

ガラガラと開いていく門。

その向こうに広がる光景に、ルーは瞳を輝かせた。

馬車の車窓からしか見たことのない王都の街並みだ。直線で構成された石と煉瓦の街は、土の匂いはしないがさまざまな魔力の気配がする。

すでに雪虫は見失っていたが、ルーの好奇心は大きく燃え上がった。

今度は、この街を探検してみよう。

「がう！」

ルーは軽やかな足取りで門の外へ飛び出した。

スノウが放った鼠が門番の元にたどり着いたのは、門が閉じた後だった。


鼠と鷹はセレスティアル公爵家の敷地内をくまなく探し回った。

けれど、ルーちゃんは影も形も見当たらない。

池に落ちたのではと庭師たちが水の中をさらったが、そこにもいなかった。

集まった動物たちの報告を聞いて、スノウは表情を曇らせた。

「ここまで見つからないとなると、門の内側にはいないと考えるのが自然だ」

「ルーちゃん一人じゃ外に出ていけないはずよ。ここは高い柵で覆われているし、門にはいつも門番さんがついて出入りを見張っているんだもの」

セレスティアル公爵邸は、外界から閉ざされた箱庭のような空間だ。柵や門、魔法で堅牢《けんろう》に守られている敷地からルーちゃんが一人で逃げられるとは思えなかった。

「家紋を確認しないとセレスティアル公爵家の馬車だって通してくれないのに、ルーちゃんが突破できるはずないわ」

「それなんだが、ルーは何か身につけていなかったか？」

聞かれてわたしは今朝のことを思い出す。

「外に出たら寒いと思ってキルトのケープを着せたわ。昨日届いたばかりの特製——あっ！」

大変なことに気づいて、わたしは青ざめた。

ルーちゃんのケープには、迷子になっても分かるようにセレスティアル公爵家の家紋を入れてあった。

「ケープの家紋を見て、門番さんが門を開けちゃったのかも！」

「外を探しに行こう」

スノウは毛布を外し、わたしの手を引いて屋敷に向かう。いつもの彼ならわたしに合わせて歩調を緩めてくれるが、今日は早足だった。

それだけルーちゃんが心配なのだろう。

スノウに必死で追いつきながら、わたしはルーちゃんの無事を祈る。

(どうか怖い目にあっていませんように)

◇　◇　◇

ルーが初めて自分の足で歩く王都はキラキラした物がいっぱいあった。

店の看板にはおすすめの商品が映し出されては消えていき、道を歩く女性のバッグや髪飾りは星みたいに光る。

カルベナでは見られなかった光景が面白くて、ルーはたびたび足を止めた。

市場に入ったら、突然、足下の煉瓦タイルがエメラルド色に光った。

「がうっ」

びっくりして飛び上がり、少し離れた位置に着地する。すると、その足下も光った。

市場のタイルには光の魔法がかかっていて、踏まれると光るようになっているのだ。

今度はとととっとその場を離れる。

進んだ軌跡をたどるように、光が波紋となって道に広がった。波打った光は大きくなっては静まり消えていく。まるで湖の上を走っているみたいだ。

「がーうー！」

楽しい。ノワーナは仕掛けいっぱいの大きなおもちゃみたいだ。

ぴょんぴょん跳ねて波紋を起こしていたら、甘くて香ばしい風が鼻をくすぐった。

今度は何だろう。

香りをたどって買い物袋をさげた客の間を抜ける。

一人歩きする子虎の姿は目立った。撫《な》でようと伸びてくる手をしゅるんとすり抜けて、ルーは悠々と市場の中を行く。

水滴をまとった果物をのせた台車、風もないのにたゆたう織物、そしてカルベナでよく見ていた独特な模様が刻まれた革製品の数々には目もくれずに進むと、市場の端に人だかりができていた。

木の棒を差し込んで焼いたスティックワッフルの屋台で、人々は銀貨と引き換えにチョコレートソースやドライストロベリーをまぶした商品を受け取っている。

ぐう、とルーのお腹《なか》が鳴った。

朝ごはんは食べたけれど、たくさん動き回ったのでお腹がぺこぺこだ。

屋台に前足をかけてじーっと焼くところを見つめていると、キャスケットを被った店員が笑った。

「かわいい猫ちゃんだね。失敗作だけどよかったらお食べ」

ルーの口先に差し出されたのは、売り物にできなかった歪《いびつ》な形のワッフルだった。ピンクや水色に輝く粉砂糖をまぶしてあって、見た目にも可愛《かわい》らしい。

大きな口を開けてかぶりつく。

途端に、今まで味わったことのないような強烈な甘みが口に広がった。

「うーあーう!」

とってもおいしい!

食感も味も、普段食べているごはんとは全然違った。夢中で口いっぱいに入れたら、甘みでほっぺが落ちそうになって前足でこしこしと顔を撫でる。

おやつを食べたら喉が渇いた。

近くに、搾りたての果汁を出すジューススタンドがあったので、ルーはカウンターにぶら下がって店員に熱い視線を送った。

しかし、そこの店員は鋼がむき出しの人形で視線に気づいてくれない。

「うー」

がっかりして市場を離れる。

カルベナでは火山湖の水で喉を潤していたので、同じような水場を探して歩き回った。

小さな公園を見つけたルーは、色鮮やかな遊具をくぐり抜けて水飲み場に直行する。

蛇口の真下で口を開くと自動的に水が出てきたので、ごくごく喉を潤した。

「おかあさん、ねこがいるよ！」

砂場で遊んでいた女の子が大声で叫んだ。顔を向けると、一緒にいた男の子は手にシャベルを握っていて、二人とも泥だらけだ。

「頭に宝石がついてる！」

汚れた格好で駆け寄ってくる子どもをひらりとかわして逃げる。

遊ぶのは好きだが、せっかく着せてもらったケープを汚したくない。

通りに戻ったルーは人の流れに乗った。

次第に人が多くなって、伸びる足の本数が竹林のように増えてくる。蹴られないように用心しながら進んでいくと、いつの間にか商業ストリートに出ていた。

歴史がありそうな石造りの建物が道の両側を敷き詰めている。

ルーが歩く歩道は日陰になっていたが、ここのタイルは光らないようだ。

伸び上がってショーウインドウをのぞき込めば、どこもかしこも真っ白いマネキンが格式ばったドレスを着て、手を上げたり顔をあちこちに向けたりしてポーズを取っていく。

生きていないのに動いている。スノウが出してくれる雪だるまみたいだ。

ガラスをトントン叩《たた》くとマネキンが手を振ってくれた。

ルーがもったりしたお尻を振って観察していたら、近くで男性の声がした。

二軒先にあるケーキショップのカウンターに、濃紺の制服を着た見覚えのある男性が注文をつけている。

「そこの苺《いちご》のショートと、ガトーショコラと、モンブランを二個ずつお願い。これから知り合いの国家魔術師に差し入れに行くんだ。知ってる？　セレスティアル公爵っていうすごい奴なんだけど――」

赤いルージュで唇をぷるんとさせた看板娘に話しかけているのは、先日ルーが連れていかれた宮殿で会った魔法騎士のラグリオだった。

女王に撫でられている最中なのに邪魔しようとした人間なのでよく覚えている。

注文にかこつけて世間話を続けようとするラグリオを、後ろに並んだ男たちがぐぬぬと睨《にら》みつけていた。たぶん、男たちもその店員と仲良くなりたいのだ。

長話に付き合わされている当人はチラチラ行列の方を見ている。愛想笑いを繰り出しているが、内心では早く終わってくれと願っているだろう。

「ぐるるるる……」

ルーはラグリオに視線を向けたまま三歩後ずさった。

砂を蹴るように後ろ足をザッザと動かしてタイミングを計る。

持ち帰り用のボックスにケーキを入れてもらっている最中、ラグリオはカウンターに乗せられていた丸いクッキーをつまんだ。

「これ、あの子に渡そうかな。この分も会計につけてくれる？」

ラグリオがクッキーを看板娘に手渡す、その一瞬を目がけて飛ぶ。

「がおっ」

「え？」

つまんでいた包みが奪われてラグリオは目を丸くした。

クッキーをくわえて地面に降り立ったのが、渡そうと思っていた相手だったから余計にだ。

「ルーちゃん⁉」

仰天するラグリオをルーは振り向いて叱った。

「がうあうあ！」

周りに迷惑をかけない！

どうしてこんなことも分からないのだろう。この騎士は嫌いだ。

ツンと前を向いて、プリプリ怒りながら雑踏に溶け込む。

お会計していないクッキーを口にくわえたまま。

「なんでルーちゃんがここにいるんだよ!?」

ラグリオは好きな女性の前だということを忘れて狼狽《ろうばい》した。

脱走か迷子かは知れないが、今頃スノウたちは必死に探し回っているのではないだろうか。

まだ小さくて、人間とコミュニケーションが取れるとはいえ、ルーは魔獣だ。

魔法騎士団の一員として、王都を闊歩《かっぽ》しているのを見過ごせない。

ラグリオは革の手袋をはめた手を広げた。手のひらに集中して燕《つばめ》を生み出し、命令する。

「スノウの元へ導いてくれ!」

飛び立った燕は、商業ストリートから宮殿の方に向かった。

ラグリオは、ケーキとルーが持ち去ったクッキーの代金を支払い、茶色の箱を受け取って後を追う。魔法元素を味方につけた、すさまじい速さで。


「ルーちゃん、聞こえたらお返事して!」

わたしは王立図書館の荘厳な建物の前で大声を出していた。

以前、女王にお土産を渡すために馬車で通った道だ。

車窓から外を眺めていたルーちゃんが大きな反応を示したのがこの図書館だった。

出入り口の左右に飾られた雌雄の獅子《しし》の像を仲間だと思ったようで、宮殿から写真館に行く時もしきりに行きたそうにしていたのだ。

名前を呼びながら図書館を一周したが、見つけられなくて建物の中に入った。

マーブル模様の大理石が美しいエントランスで、案内をしていた司書に白い子虎のような動物を見なかった尋ねる。

眼鏡をかけた司書の女性は申し訳なさそうに眉を下げた。

「見ていません。館内にもいないと思いますよ。図書館の中はペットの持ち込みを禁じているので、動物がやってきたら追い出す規則なんです」

「そうですか……」

何の成果もなく図書館を出たわたしはうなだれた。

スノウは王家のギャラリーも並ぶこの大通りを空から捜索している。

治癒魔法しか使えないわたしは地道に声を出して歩くしかない。

わたしも飛べたら……と思って空を見上げたら、箒《ほうき》に乗ったスノウが降りてきた。

軽装にローブを羽織っただけの姿なので、普段の彼を知っている人が見たらびっくりするだろう。

「空からは見つけられなかった。キアラの方はどうだ?」

「わたしもだめ。絶対に図書館だと思ったのに、どこに行っちゃったのかしら」

ため息をついたら頭がくらっとした。

水も飲まずに探し回っていたので、少し疲れたのかもしれない。

わたしがふらついているのに気づいたスノウは、腕を回して支えてくれた。

「少し休もう。君が倒れたら大変だ」

乗合バスを待つ停車場のベンチに座らされて、わたしは首を振る。

「休む時間があったら探したいの。今この瞬間にもルーちゃんが怖い思いをしているかもしれないもの。誰かに捕まえられていたり、馬車に轢《ひ》かれていたりしたら……」

考えるだけで背筋が凍る。

わたしの脳裏に浮かぶのは、ルーちゃんが袋に押し込められるところや、道路に力なく横たわる姿だ。

親であるわたしが守ってあげないといけないのに、どうしてあの時、目を離してしまったんだろう。

ぐすっと涙ぐむわたしの背を、スノウは優しく撫でてくれた。

「ルーが黙ってやられるわけがないだろう。悪人には容赦なく炎を吹くし、馬車にだって打ち勝てる。どこかで僕らが迎えに来るのを待っているはずだ」

「うん……」

涙をぬぐって前を向く。泣いていたらルーちゃんの声を聞き逃してしまうから。

(絶対に見つけてあげるからね、ルーちゃん)

スノウは、わたしが落ち着いたところで停車場にかけられた丸い時計を見上げた。

時刻はもうすぐおやつ時だ。

「もうこんな時間か。ルーも腹が空いて屋敷に戻ってきているかもしれない」

立ち上がりかけたスノウの鼻先を、びゅんと黒い影がかすめた。

ベンチの端に下りた動物に、わたしははっとする。

「燕だわ」

燕は渡り鳥なので、雪がちらつくこの季節にはノワーナを飛ばない。となるとこれは、魔法で作り出された伝達用の鳥だ。

スノウは誰が作ったか見当がついた顔で呼びかける。

「ラグリオの鳥だな。どうした?」

「緊急事態だ！」

メッセージは燕ではなく真横から聞こえた。

見れば、大通りをケーキの箱を抱えたラグリオが砂埃《すなぼこり》を上げながら走ってくる。

彼はわたしたちの前で立ち止まると、燕のそばに箱を置いて顎に伝った汗をぬぐった。

「街中でルーちゃんを見て、こいつはヤバいと思って知らせに来た。何があったんだ？」

「今朝、公爵家から脱走した。ルーはどこにいた？」

「オレが見たのはケーキショップの通りだった。すぐに姿が見えなくなったんで、別の燕を飛ばして探したんだが見つからないんだ。方向的に下町の方なのは間違いないと思う」

下町は細い小路が入り組んでいる。昔からある家が多く、今にも崩れそうな小屋や古い井戸が残っている場所もあって、土地勘のない子どもには危ない地域だ。

「早く行ってあげないと！」

焦るわたしに頷いて、スノウは指をパチンと鳴らした。

「行こう」

現れた光の粒子がわたしの体をらせん状に包む。スノウの重力魔法だ。

綿のように体が軽くなったわたしを、箒にまたがったスノウが引き寄せた。

どこからともなく吹いてきた風がローブをはためかせる。ふわりと胃がせり上がる感覚がして、わたしたちは宙に浮かび上がった。

箒の柄をしっかり掴《つか》んだスノウは、地上のラグリオに頼んだ。

「僕らは下町へ行く。ラグリオは、セレスティアル公爵邸に行ってノートンに事態を報告してくれ。女王陛下にはくれぐれも知らせるな」

「わかってるって！」

ルーちゃんがいなくなったと知ったら、クラウディア女王は魔法騎士団まで動員してノワーナを捜索するだろう。

後のことはラグリオに任せて、わたしとスノウは空を駆けた。

◇　◇　◇

ラグリオを叱ったルーは、今度は人気の少ない方へと進んでいった。

人ごみにも飽きたし、そろそろおうちに帰りたいと思ったのだ。

キアラの気配がする方へ道を曲がり、狭い路地を進んでいく。

路地はこれまで通ってきた道とおもむきが違った。

表面がすっかり削れた石畳は冷たく、家々はどこもすすけていて、壁や戸は板を打ち付けて補修してある。

世間話に興じる奥さんやかくれんぼして遊ぶ子どもの服も質素で、ところどころに継ぎあてをしてあった。

ルーが暮らしているセレスティアル邸は、真っ白でピカピカで補修跡なんてどこにもない。使用人ですら綺麗な服を着ている。

人間が暮らす都なのになぜこうも違うのか、理由は分からないけれどルーはこっちも好きだと思った。

だって、ここで会った人々はみんな屈託なく笑っているから。

どんどん下町の奥へ入っていった。おかしなことに一向におうちにたどり着かない。

銀色の柵すら見えてこなかった。

「あーう？」

迷子になったと気づいたのは、そこからしばらく歩いた先。

香ばしい匂いがするパン屋の前だった。お裾分けをもらえないかと思ったけれど、今日の分のパンは全て売り切れて店が閉まっていた。

どうしようと上を見上げる。水色に晴れ渡っていた空は、ピンクや紫の糸を織り混ぜていったように色が変わっていた。

太陽が見えない。薄暗い。寒い。

早くおうちに帰りたい。

ママに撫でられて、父に褒められて、暖かいお部屋で遊びたい。

それなのに、帰る道が分からない。

「あうあう……」

とぼとぼ歩く足は、自然と大好きな人の気配に引かれていった。

短い坂を下っていくと、かなづちを手にした男性がしゃがんでいた。壁に空いた穴を板で補修していたようだ。マフラーをぐるぐる巻きにして白い息を吐いている。

ママではない。でも、ママによく似た匂いがした。

「まあま」

ルーが膝にすり寄ると、男性は「わあ」と驚いた。

「こんにちは。今日は冷えるねえ」

かなづちを置いてルーを抱き上げた男性は、まじまじと見て首を傾《かし》げた。

愛嬌《あいきょう》のある丸い顔は一見すると猫のようだ。だが、頭にくっついた耳は丸い。

それに、額にある大きな宝石は、数多の宝飾品を買い付けてきた男性がいまだかつて見たことのない石だった。

「君は虎みたいだね。娘が大好きだった図鑑に出てきた動物だ。オブシディアにはいないはずだけど、どこから来たのかな？」

男性はルーの体を見回した。名前や住所を記した迷子札は身につけていなかったが、ケープにセレスティアル公爵家の家紋が刺繍されている。

男性はぎょっとした。公爵家は愛娘の嫁ぎ先だ。

娘は、先日まで自治州ギネーダへ新婚旅行に行っていて、そこで運命的な出会いをした子を連れ帰ってきたのだと、お土産を持ってきた時に話していた。

新年に家族総出で遊びに来た時に紹介すると言われていたので、詳しくは聞かなかったけれど……。

「キアラが連れ帰ったのは虎だったんだ！」

「ルーちゃん！」

頭上から降ってきた娘の声に、男性は顔を上げた。

紫がかった空を背にして、箒に乗った若い夫婦が降りてくるところだった。


箒を降りたわたしは、父とルーちゃんに駆け寄った。

抱き上げると、一日中外を歩き回っていたルーちゃんの体は思ったより冷えていた。

「無事でよかった……」

ほっとしたら体の力が抜けて、わたしはその場にへたりこんだ。

もう二度と会えなかったらどうしようと考えるだけで震えが止まらなかったから、腕に感じる重みに涙があふれてくる。

「まあま？」

ルーちゃんはぼろぼろと泣くわたしを見てきょとんとした。

悪気のなさそうな顔を、スノウはさわさわと撫でる。

「ルー、一人で出ていったらだめだろう。心配したんだぞ」

淡々とした叱り声に、ルーちゃんは丸い耳をくたっと寝かせた。

「がーぅー」

反省してくれたようだ。スノウは、それ以上は何も言わずに父へ挨拶する。

「うちの子がお騒がせしました」

「いいんだよ。大変だったね、二人とも。中で休んでいきなさい」

身を寄せ合って無事を確認するわたしたちを、父は家に招き入れてくれた。

温かい紅茶と素朴なお菓子を、どんなご馳走よりもおいしく感じた夕方だった。


脱走事件があった翌日、スノウはルーちゃんのワードローブの前に立った。

中には色とりどりのリボンやケープ、雨天でもお散歩できるように作ったレインコートが、まるでペットショップの一角のように取りそろえられている。

「いつ見ても可愛いわ」

わたしは頬に手を当ててうっとりした。

ルーちゃんを飾り立てることを第一目標にしたため、実用的かどうかよりも見た目にこだわった品ばかり。

どれもセレスティアル公爵家の家紋入りなのは特注品だからだ。

良かれと思って刺繍してもらったけれど、今回は裏目に出てしまった。

「ブリキの門番には、ルーが一人でやってきた時は門を開けるなと命じたが、あの行動力を見ているとそれでも安心できない」

ボールで一人遊びするルーちゃんに近付いたスノウは、頭の上に杖でハートを描いた。

ハートは赤く光って端からしゅるしゅると解けていき、ルーちゃんのお腹を一周して蝶々結びを作る。プレゼントボックスを飾るリボンみたいだ。

結び目から伸びた光は、わたしの右手の薬指に絡みついて弾《はじ》けた。

「消えちゃった……。今のはなに？」

「魔法でルーとキアラを繋《つな》いだ。距離が離れすぎたら居場所が分かるようになっている」

「それなら迷子になっても安心ね」

何度も脱走されたら心臓が持たないけれど……今回は父にルーちゃんを紹介できた。ルーちゃんの社会勉強にもなったので、良かったと思うことにしよう。

ルーちゃんが遊んでもらえると思ってひっくり返ったので、わたしは白いお腹を撫でる。

「もう出ていかないでね」

親の気持ちを知ってか知らずか、ルーちゃんは「がう」と元気にお返事した。

《了》

番外編②　魔法使いの献身

スノウと結婚してからというもの、執事のノートンやアンナに支えられつつセレスティアル公爵夫人としての役目を果たしてきたわたしに、年末の大仕事がやってきた。

大掃除と新年の準備である。

オブシディア魔法立国では年越しを大々的に祝う。国を治めているクラウディア女王がお祭り好きなこともあり、華やかなパレードや祝賀会が催されるのだ。

（年越しまであと少しね。頑張らなくちゃ！）

気合いを入れたわたしは、積極的に家のことを取り仕切った。

セレスティアル公爵家の使用人は魔法で動いている人形だ。あまり働かせすぎると魔法をかけたスノウが疲れてしまうので、計画的に動いてもらわなければならない。

まずは庭の手入れから。

セレスティアル公爵邸の敷地は、魔法の効果で一年を通して冬の花が咲く。

寒さに強い植物ばかりだけれど雪には備えが必要だ。

雪の重みで枝が折れないように庭木をロープで補強していく。テラスに出していたガーデンテーブルや椅子も倉庫に片付ける。

屋外でのお茶や食事は春になるまでおあずけだ。

(冬の間は温室のお花で我慢しましょう)

手際のいい庭師のおかげで庭の冬支度はあっという間に完成した。

ねぎらいの声をかけて、次は屋敷に着手する。

綺麗なお屋敷で新年を迎えるためには、大がかりな掃除が欠かせない。

うっかり壊さないように、最初に絵画や美術品を移動させる。

わたしがスノウのために飾ったものがほとんどだったので、これを機会に別の作品に入れ替えてもいいかもしれない。

脚立を使ってシャンデリアや背の高い家具の上に積もった埃《ほこり》を落としたら、メイドたちがいっせいにモップがけする。

絨毯《じゅうたん》は、外で砂や泥を落として風を通してから室内に戻す。

作業自体は単純だけれど部屋数が多いので大変だ。

「この調子でいけば終えられそうね」

アンナに後を頼んだわたしは居間に移動して一息ついた。

ルーちゃんを抱っこしてあやしながら、ノートンと年末のスケジュールを確認する。

十二月の終盤は予定がびっしりだ。

「一日に宮殿に行って、女王陛下が国中に流すスピーチの様子を見守るから、年末までに持参品を準備しておかないとね。二日目にはみんなでわたしの実家に行くけど、スノウは祝賀会の打ち合わせのために半日お仕事だわ。三日目には家族全員で祝賀会に出るから、朝から支度して夕方までには移動しておかないといけないし……」

庶民だった頃は、年を越えたら父とおめでとうと言い合って、近所の子たちと一緒にパレードを見て、ご馳走を食べて終わりだった。それに比べて貴族は多忙だ。

時間通りに移動できればいいけれど、ルーちゃんの気分次第で準備が遅れることもあるから完璧にはいかないだろう。

「いざという時にルーちゃんのご機嫌を取るおもちゃが必要ね。お店に見に行きたいから馬車の用意をお願いできる？」

『――用意はできますが、お疲れではありませんか？』

忙しなく立ち上がるわたしを、ノートンが心配そうに止める。

ぴっちり撫《な》でつけたミドルグレーの髪からも分かるように、ノートンは品行方正で有能な人形だ。基本的に従順だけど、なぜだか今日は反対意見があるみたい。

『年末まで七日もあります。そんなに根を詰めなくてもよろしいのですよ。先日だってお坊ちゃまを探しに一日歩き回ったばかりですし、少しお休みになっては』

止めたのは、ノートンらしい優しい気遣いだった。

でも、わたしは根を詰めてなんか全然ない。働き者のスノウの半分も動いていないのに、疲れたなんて言ったら笑われてしまう。

元気だと示すために、わたしは抱っこしたルーちゃんを左右に揺すった。

「このくらい平気よ。そうよね、ルーちゃ――――?」

視界がぐらっと傾《かし》いだ。

ううん、たぶん傾いだのはわたしの平衡感覚の方。

急にふらついたので、きゃっきゃと喜んでいたルーちゃんが飛び降りる。

踏ん張ろうとしたけれど足に力が入らなくて、気づけばわたしは、ふかふかの絨毯の上にひっくり返っていた。

(あれ?)

混乱するわたしを、ルーちゃんが不思議そうにのぞき込んでくる。

「まあま?」

『奥様、大丈夫ですか』

抱き起こしてくれたノートンは、手のひらをわたしの額に押し当てて、これはいけないとガラス製の瞳を揺らした。

『熱があるようですね。すぐ医者を呼びましょう』

わたしが倒れたことで大掃除は中止になった。

寝間着に着替えさせられたわたしは、ノートンが呼んだ公爵家お抱えの医師に診《み》てもらって風邪の診断を受けた。

朝からぼーっとする気はしていたけれど、まさか熱があったとは。

『――奥様、ゆっくりお休みください――』

アンナに粉薬を飲まされてベッドに横たわる。おでこには濡《ぬ》らしたタオルものせられた。

いつもだったら寝入るまで数分かかるけれど、すぐに意識が布団に沈み込んでいく。

目蓋を閉じたら一瞬で夢の世界の住人になれそうだ。

(こんなに具合が悪かったなんて……)

公爵夫人としての責任を果たしたくて頑張りすぎたのかもしれない。

「情けないわ」

はぁと息を吐いたら、ノートンがルーちゃんを抱っこして連れてきた。

ルーちゃんは足をバタバタさせてベッドの上に下りようとする。

『申し訳ありません、奥様。私ではお坊ちゃまを落ち着かせることができませんで』

「いいわよ」

わたしはノートンの腕からルーちゃんを引き取って、両手で抱きしめた。

魔獣は病気にならないので、顔を近づけても風邪がうつる心配はない。

「ルーちゃん、ママは寝ないといけないの。ルーちゃんも一緒にお昼寝しましょうね」

かすれた声でエドウィージュ家に伝わる子守歌を歌った。

ルーちゃんの頭がうつらうつらと傾いで、ほどなく安らかな寝息が聞こえてきた。

「これで大丈夫。一時間もすれば起きるから、その時は誰かそばにいてあげてくれる？」

『かしこまりました』

ノートンがうやうやしくルーちゃんを抱えて部屋を出ていく。

扉が閉まる音を待たずに、わたしは目蓋を下ろした。


廊下の方が騒がしい。

眠気にあらがって目蓋を開いたわたしは、サイドチェストの置時計を見た。

二時間くらい眠っていたようだ。ぐっすり睡眠をとれたけれど、まだ体が熱っぽくてベッドの中で寝返りを打つ。

「うーん、もうひと眠り……」

再び目を閉じようとしたら扉が開いた。

「キアラ？」

入ってきたのが顔色の悪いスノウだったので、わたしの目はパチリと覚める。

彼は朝から仕事に行っていた。ローブも脱いでいないところを見ると、かなり急いで寝室にやってきたようだ。

わたしは上体を起こして彼を出迎える。

「おかえりなさい。ずいぶん早かったのね」

「ノートンが、キアラが倒れたという伝書鳩《でんしょばと》を飛ばしてくれたんだ。妻が急病なのに仕事なんてしていられないから早退してきた。熱は下がったのか？」

手袋を外したスノウは、骨ばった手で寝乱れたわたしの前髪を寄せた。

あらわになったわたしのおでこに自分の額をくっつけて熱を測る。スノウの肌はひんやりしていて気持ちいい。ということは、わたしの熱はまだ高いのだろう。

スノウは心配そうな顔で体を離した。

「……熱いな。薬は飲んだのか？」

「眠る前に飲んだわ。ただの風邪だから寝ていれば治るわよ」

現に、眠っただけで体調はだいぶ回復していた。

ノートンを責める気はないけれど、いくら倒れたといっても一瞬だし、スノウが仕事を切り上げて帰ってくるほどではなかったと思う。

「わたしはもう大丈夫。だからお仕事に戻って」

「嫌だ。キアラの看病は僕がする」

「えっ」

看病？　スノウが？

びっくりしている間に、スノウは近くのスツールを引き寄せて座り、わたしの手を握った。

そして、重病人でも励ますように力強い言葉をかけてきた。

「大丈夫だ。きっと元気になる。どれだけ時間がかかっても、僕がそばにいる」

「ええっと。本当にただの風邪よ？」

わたしは頭の上にいくつも『?』を浮かべた。

スノウはなおも不安そうな目で、控えていたアンナに声をかける。

「……アンナ、キアラの体を拭いて着替えさせてくれ。汗をかいているようだ。それから料理長に伝言を。病人でも食べやすい、消化にいい料理を持ってきてくれ」

『――かしこまりました――』

アンナは階下へお湯をもらいに向かった。

二人きりになってもスノウはわたしの手を離そうとしない。

(どうしちゃったのかしら?)

アンナがお湯とタオルを持って戻ってきた。

スノウに退室してもらい、汗ばんだ体を拭いて着替える。着替えが終わるタイミングで運ばれてきたのは、ルーちゃんでも食べられそうなミルク粥《がゆ》だった。

洗濯物を抱えたアンナと入れ替わりに入室したスノウが料理のトレイを持ち上げる。

わたしは、手渡してくれるものだと思って手を伸ばした。

「ありがとう」

「いや、これは僕が食べさせる」

「はい？」

食べさせるって、熱のせいで幻聴まで聞こえ出したのかしら……？

スノウは、そうするのが当たり前みたいな顔でミルク粥を一さじすくった。

ほかほかと立つ湯気に息を吹きかけて冷まし、わたしの口元に差し出す。

「キアラ、あーん」

「あーん⁉」

「何を驚く。ルーにもしていただろう？」

「そ、そうだけど！　あれはルーちゃんが赤ちゃんだったからよ！」

「病人も赤子のようなものだ。早く」

わたしが口を開けるのを待つスノウは真剣だ。

斜めに上がった眉や、わずかに開いた唇の隙間にどぎまぎしてしまう。

（こ、こんなことをするのは今日だけよ！）

ぎゅっと目をつむって口を開けると、スプーンが差し込まれてお粥が舌にのる。

ほっこりする優しい味わいに肩の力が抜けた。

「おいしい……！」

ミルクで炊いたお粥はコンソメ味で、うっすらバターが香る。振りかけたパセリの風味も手伝って、食欲がなくてもするりと飲み込めた。

「食べられるだけ食べるといい」

スノウは嬉《うれ》しそうに二口目、三口目と差し出した。

ぱくぱく食べていたわたしは、ふと気づく。完全に餌付けされている。

「わたし、鳥の雛になった気分よ」

「キアラなら小鳥になっても可愛いだろうな」

歯の浮くような台詞《せりふ》なのに、スノウの笑顔は寂しそうだった。

瞳にはわたしを映しているのに、どこか遠くを見ているような雰囲気だ。

「君がどうなっても僕が迎えに行く」

「鳥になったらさすがのスノウも分からないわよ。あ、でもあの燕《つばめ》はラグリオさんのだってすぐに気づいたわよね。どうして？」

「ラグリオに鳥の出し方を教えたのは僕だ。さまざまな訓練をしたが、結局あいつは燕しか出せるようにならなかった」

二人の間にそんな過去があったとは知らなかった。

お粥を完食したわたしは再び眠ることにした。

横たわった体にスノウが布団をかけてくれる。

「このくらい自分でできるわよ」

「僕がやりたいんだ。他にもしてほしいことがあれば何でも言ってくれ」

「ありがとう、スノウ」

献身的に尽くしてくれる夫に愛しさが募った。

弱っている時にもらった優しさは、人を元気にしてくれる特効薬だ。スノウと話しているうちに、わたしの体調はさらに良くなっていた。

肩まで布団に入ると、ちょうどアンナが戻ってきた。

『――旦那様。お坊ちゃまがお昼寝から目覚められたのですが、奥様に会いたいらしく泣いておられます――』

「僕が行こう」

わたしは立ち上がったスノウの袖を引く。

「スノウが行っても、ルーちゃんは落ち着かないと思うわ。元気になってきたから、わたしに行かせて」

「治りかけに無理をするものではない」

「顔を見せたらすぐに戻ってくるわ。それくらいなら大丈夫よ」

ガウンを羽織っていたら、ふっと視界が陰った。素早く膝裏に腕を回したスノウが、わたしを横抱きにして持ち上げる。

「きゃっ」

「僕がルーのところまで運ぶ」

「ちょ、ちょっと待って。魔法をかけないと重いわよ！」

さっきご飯を食べたばかりだしと焦るわたしに、スノウはいつくしむような微笑で応える。

「心配しなくても君は羽根のように軽い。それに、僕はもう見た目が十歳の子どもではない」

有無を言わせずに、スノウはわたしを一階のルーちゃんの部屋へ運んでいく。

腕の中から見上げる大人びた顔立ちや、支えてくれる力強い腕に男らしさを感じて、わたしの心臓はトクトクと落ち着かない。

（もう、どこまでかっこよくなっちゃうの？）

のぼせ上がっているのは熱のせいじゃない。

本当の夫婦になってからというもの、スノウに毎日のように惚《ほ》れ直している気がする。特にルーちゃんを家族に迎えてからは、貫禄が出てさらに魅力的になってしまった。

寝起きで機嫌が悪いルーちゃんは、がおがおと炎を吹いてノートンの手をわずらわせていたが、わたしたちが現れるとしっぽを上げた。

「まあま！」

ラグの上に下ろされたわたしに、ルーちゃんがよじ登ってくる。

大泣きしていたせいで目が赤い。頭を撫でてあげると、あっという間にご機嫌になった。

ノートンにルーちゃん用の飲み物を頼むと、スノウが一言付け加えた。

「キアラにも何か持ってきてくれ。体を温めるようなものを頼む」

その声には恐れのような感情がにじんでいて、一度は引っ込んだ違和感がまた顔を出した。

(スノウは何を思っているのかしら)

家族が体調を崩すと誰だって不安になるものだ。しかし、今の彼はそれだけではないと、結婚してからずっと彼を見つめ続けたわたしには分かった。

「スノウ、どうしてそんなに寂しそうなの？」

ルーちゃんがボール遊びを始めたのを見計らってスノウに尋ねてみた。

すると、彼の瞳がわずかに泳いだ。

秘密主義のスノウは話を変えるのが上手《うま》い。たとえわたしが聞きたがっても、話したくないと思ったら魔法みたいに流してしまう。

話そうか迷っていると感じたわたしは、黙って彼の決意が固まるのを待った。

やっと心の整理がついたのか、スノウは隣に腰を下ろす。

「……聞いたら君は怒る」

「悩んでいる人に腹を立てたりしないわ。お願い、聞かせて」

「暗い話だぞ」

短く前置きを入れて、スノウはぽつりぽつりと語り出した。

「……僕は呪いによって千年も生き長らえてきた。その間、たくさんの人間を見送った。共に魔竜を討伐した戦士も、僕に尽くしてくれた弟子たちも、国を大きくする野望を持った国王も皆、僕を置いて死んでいった」

いつの時代も、スノウが大魔法使いだと知っているのは少数だった。

誰しも口が堅くて信頼できる仲間だったが、彼らは口をそろえて言った。

「自分が死んだら僕に弔《とむら》ってほしいとまるで示し合わせたように言う。どの時代の友も、僕が骨を拾ってくれるから安心してあの世に旅立てると冗談めかして笑う。僕はそれが嫌だった。でも、平気なふりをした」

律儀なスノウは約束を守った。

仲間が亡くなったら手厚く葬り、墓を建てて花を供えたのだ。

自分が立てた墓の数が二十を超えた辺りで数えるのを止めたという。

そして、身の回りの世話は人形に任せて、できるだけ人間と関わらないようになった。

「千年生きても人の死だけは慣れなかった。大切な人に先立たれるのは何人目だろうと悲しい。それが愛した人ならもっと悲しいだろう。僕は、キアラが倒れたという連絡を受けて、真っ先にそうなるかもしれないと考えた。……不謹慎ですまない。怒っていい」

しゅんと落ち込むスノウは、まるで十歳の男の子みたいに弱々しく見えた。

わたしはというと、彼の着眼点が意外すぎてあ然とする。

「謝ることじゃないわ。普通の人でもそういう想像をする時はあるもの」

「そうなのか？」

目を丸くするスノウに、わたしは深く頷いて見せた。

愛する人に先立たれるのは誰だって悲しい。

不老不死の呪いを受けて、いつも遺される側にいなくてもだ。

家族の急病によって最悪の結末を想像してしまうことは誰だってあるのに、自分だけだと考えてしまうのはスノウの意識の問題だ。

（スノウは、まだ自分は他の人間と違うって思っているんだわ）

わたしはスノウの名前を呼んだ。気まずそうなセレストブルーの瞳と視線を合わせて、ルーちゃんに言い聞かせる時のようにゆっくり話す。

「ねえ、スノウ。あなたはね、あなたが思っている以上に普通の人なのよ」

「普通……？」

「そう。愛する人がいて、家族に愛されて、限りある命を持って、今生きている、それだけの人なの。わたしやラグリオさん、女王陛下と何も変わらない、弱い人間なのよ」

黙って耳を傾けるスノウは、難解な数式を前にした時のように眉をひそめていて、わたしの笑いを誘った。

「弱いんだから怖がっていいの。不安に思ったり、悲しんだりしていいのよ。わたしはそんなことで失望しないもの。だから、もう一人で耐えないでね」

スノウの肩に頭をのせて寄りかかる。

彼は「普通の人か……」と呟《つぶや》いた後で、わたしの頭に自分のこめかみをくっつけた。

「自分は特別だなんて思い上がりだな。目が覚めた」

吐露する声が柔らかい。わたしの想《おも》いは伝わったみたいだ。

スノウがここまで思い詰めたのは、わたしが無理をして風邪を引いたのが原因なので強く出られないけれど……。

ただ、これだけは言える。

「それに、わたしはこのくらいで死なな――げほっ、げほげほっ！」

せっかく良いところだったのに盛大に咳《せ》き込んでしまった。

スノウは心配そうに背をさすり、ルーちゃんまで駆け寄ってくる。

（こんなはずでは！）

そのまま、わたしは寝室に強制送還。

スノウの献身的なお世話は続き、わたしは一昼夜もの間、たっぷり甘やかされたのだった。

《了》

あとがき

お久しぶりです、こんにちは。花坂つぐみです。

皆さまの応援のおかげで二巻を出すことができました。デビュー作にもかかわらずたくさんの反響をいただけて嬉しいです。本当にありがとうございます。

続刊のご連絡を受けた時に書きたいと思ったのが、新婚旅行と子育てでした。

どちらにしようか担当様に相談したところ、合体させたら面白そうというご助言をいただいて今回のお話ができました。

伝説の魔獣は、最大限に可愛い生命体を目指してみたのですがどうでしたか？

私はアレルギーがあるため、もふもふの動物は飼ったことがありません。触った経験もほとんどなかったのでちゃんと書けるか不安だったんです。動物園に足を運んでいろいろな動物を見たけれど、いまいちこれだという感覚を得られなくて……。

悩んでいた時に親戚の赤ちゃんが家に遊びに来てくれました。その子をモデルにしたところ、すらすら書き進められて満点の可愛らしさになりました。

この本が出たら、モデル料としておもちゃを渡したいと思います。

赤ちゃんって、どうしてあんなに可愛いのでしょうね。大きな頭をちっちゃい体で支えている感じとか、お尻のもったりした感じとか。短い足で懸命に歩いている姿を見ると幸せな気持ちになります。

幸せな気持ちになるといえばコミカライズ！

佐藤もぶ先生による『注文の多い魔法使い』が今冬からゼロサムオンラインで始まります。胸がきゅんとする素敵なコミックにしていただきましたので、そちらもよろしくお願いいたします。略称は『ちゅうまほ』です。

引き続きご担当くださった桜花舞先生、美しいイラストをありがとうございました。いただくラフが作業中の癒しでした。魔獣のもふっと感、永遠に見ていられます！

担当様には今回もたくさん助けていただきました。最後までくじけずに原稿を完成させられたのは、何度も温かい励ましをくださったおかげです。

デザイナー様や校正様、この本に携わった全ての方にお礼申し上げます。

ここまで読んでいただいてありがとうございました。

また次の作品でお会いできますように。

花坂つぐみ

注文《ちゅうもん》の多《おお》い魔法使《まほうつか》い2
最強魔術師《さいきょうまじゅつし》の溺愛花嫁《できあいはなよめ》は
伝説《でんせつ》の魔獣《まじゅう》の番《つがい》にされそうです!?

2024年1月1日　初版発行

著　者■花坂つぐみ

発行者■野内雅宏

発行所■株式会社一迅社
〒160-0022
東京都新宿区新宿3-1-13
京王新宿追分ビル5F
電話03-5312-7432(編集)
電話03-5312-6150(販売)

発売元：株式会社講談社
(講談社・一迅社)

印刷所・製本■大日本印刷株式会社

DTP■株式会社三協美術

装　幀■AFTERGLOW

ISBN978-4-7580-9606-5

●この作品はフィクションです。実際の人物・団体・事件などには関係ありません。

この本を読んでのご意見
ご感想などをお寄せください。

おたよりの宛て先

〒160-0022
東京都新宿区新宿3-1-13
京王新宿追分ビル5F
株式会社一迅社　ノベル編集部
花坂《はなさか》つぐみ 先生・桜花《おうか》 舞《まい》 先生

一迅社文庫アイリス

竜達の接待と恋人役、お引き受けいたします！

『竜騎士のお気に入り　侍女はただいま兼務中』

著者・織川あさぎ
イラスト：伊藤明十

「私を、助けてくれないか？」

16歳の誕生日を機に、城外で働くことを決めた王城の侍女見習いメリッサ。それは後々、正式な王城の侍女になって、憧れの竜騎士隊長ヒューバードと大好きな竜達の傍で働くためだった。ところが突然、隊長が退役すると知ってしまって⁉　目標を失ったメリッサは困惑していたけれど、ある日、隊長から意外なお願いをされて――。堅物騎士と竜好き侍女のラブファンタジー。

一迅社文庫アイリス

引きこもり令嬢と聖獣騎士団長の聖獣ラブコメディ！

『引きこもり令嬢は話のわかる聖獣番』

著者・山田桐子
イラスト：まち

ある日、父に「王宮に出仕してくれ」と言われた伯爵令嬢のミュリエルは、断固拒否した。なにせ彼女は、人づきあいが苦手で本ばかりを呼んでいる引きこもり。王宮で働くなんてムリと思っていたけれど、父が提案したのは図書館司書。そこでなら働けるかもしれないと、早速ミュリエルは面接に向かうが――。どうして、色気ダダ漏れなサイラス団長が面接官なの？　それに、いつの間に聖獣のお世話をする聖獣番に採用されたんですか⁉